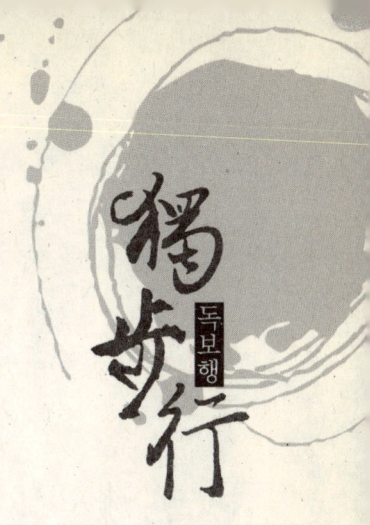

獨步行
독보행

임영기 新무협 판타지 소설

FANTASTIC ORIENTAL HEROES

# 독보행 9

임영기 新무협 판타지 소설

초판 1쇄 찍은 날 § 2013년 7월 17일
초판 1쇄 펴낸 날 § 2013년 7월 24일

지은이 § 임영기
펴낸이 § 서경석

편집부장 § 권태완
편집책임 § 박가연
디자인 § 신현아

펴낸곳 § 도서출판 청어람
등록번호 § 제1081-1-89호
등록일자 § 1999. 5. 31
어람번호 § 제2-2364호

주소 § 경기도 부천시 원미구 심곡2동 163-2 서경B/D 3F (우) 420-822
전화 § 032-656-4452팩스 § 032-656-4453
http://www.chungeoram.com
E-mail § chungeorambook@daum.net

© 임영기, 2013

ISBN 978-89-251-3376-8 04810
ISBN 978-89-251-3153-5 (세트)

9
지옥행(地獄行)
獨步行
독보행
임영기 新무협 판타지 소설
FANTASTIC ORIENTAL HEROES
도서출판 청어람

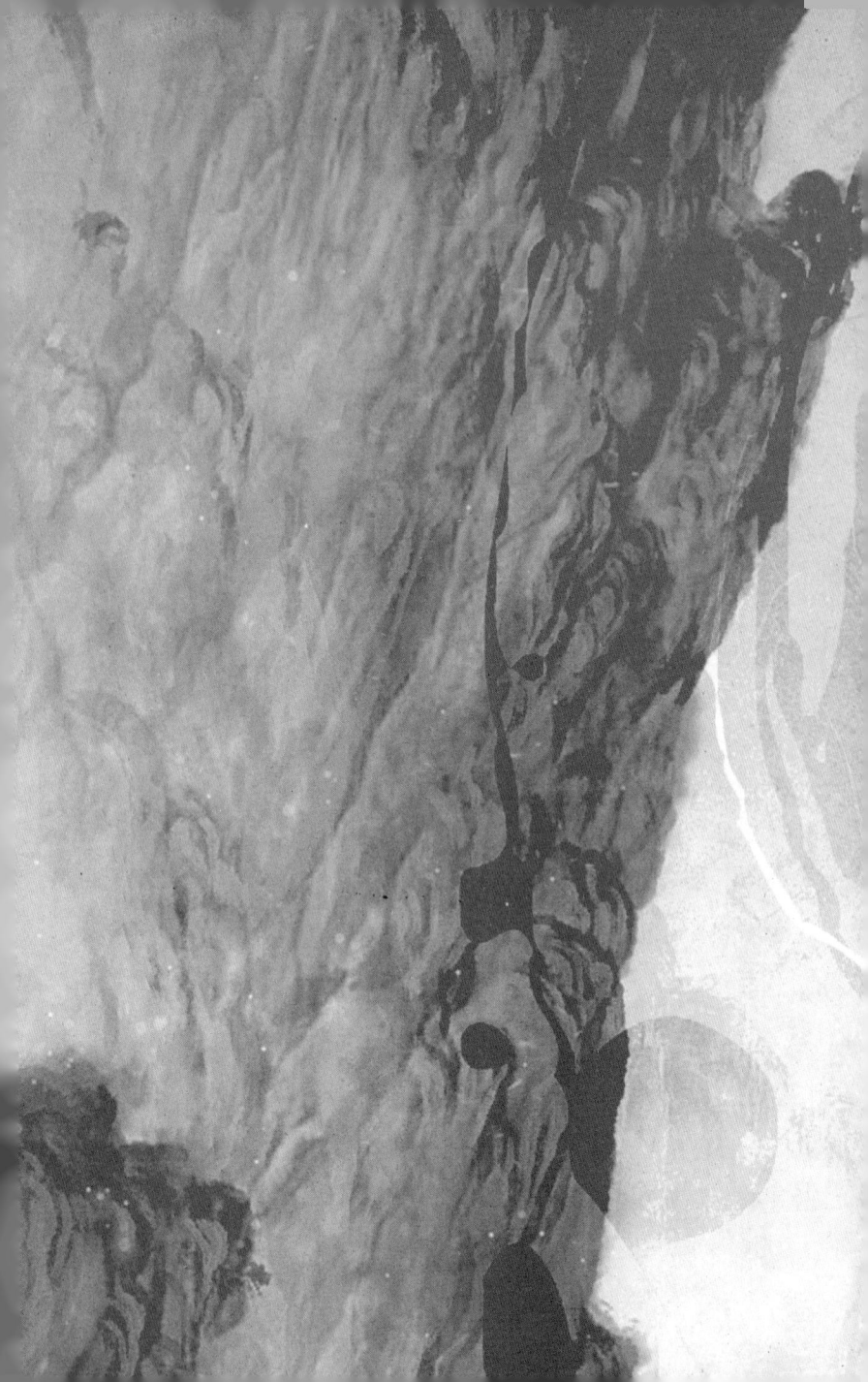

# 第八十八章
천무의 충복을 죽이다

탁!

대무영은 맞은편에서 빠른 걸음으로 마주 다가오던 한 사내와 어깨를 세게 부딪쳤다.

쿵!

대무영은 우뚝 서 있는데 그와 부딪친 사내는 뒤로 퉁겨져서 바닥에 주저앉았다.

그러자 주위 대여섯 명의 사내가 걸음을 멈추고 대무영과 주저앉은 사내를 쳐다보았다. 사내들은 주저앉은 사내와 일행인 듯했으며 모두 강호인이다.

주저앉은 사내는 삼십대 중반의 다부진 체구와 용맹한 외모, 숯처럼 짙은 눈썹을 지녔는데 자신이 대무영과 부딪쳐서 이 지경이 됐다는 사실에 적이 놀라는 듯했다.

사내들은 모두 제각기 다른 색의 경장을 입었으며 어깨에 도검을 메고 있었다.

문득 대무영의 시선이 주저앉은 사내의 앞쪽 지면으로 향했다. 그곳에는 하나의 패(牌)가 떨어져 있었다.

쟁천증패보다는 훨씬 작고 세모꼴로 얇았으며 쇠로 만들었는데 새빨간 색에 가운데에는 세로로 소매구십이혼(掃埋九十二魂)이라고 툭 튀어나오게 양각되어 있었다.

'소매곡!'

대무영은 그 패를 보는 순간 소매곡의 소매전사들이 지니고 있는 영패, 즉 소매영패라는 사실을 즉각 알아보았다. 그는 예전에 소매십팔혼의 소매영패를 본 적이 있었다.

그로 미루어 주저앉아 있는 사내는 소매곡의 소매전사가 분명했다. 또한 주위의 동료로 보이는 사내들도 소매전사일 가능성이 크다.

주저앉은 사내는 대무영의 시선을 따라 자신의 앞쪽을 보다가 소매영패를 발견하고는 움찔 놀라 급히 주워서 품속에 갈무리하며 벌떡 일어섰다.

그와 동료들은 한마디 말도 하지 않고 장승처럼 우뚝 서 있기만 하는 대무영을 날카로운 눈으로 빠르게 살펴보았다. 소매영패를 목격한 그를 어떻게 할지 고민하는 것 같은 표정들이다.

그러다가 그들은 일제히 앞쪽, 그러니까 대무영의 뒤쪽을 쳐다보았다.

그 모습은 마치 그쪽에 있는 누군가에게 전음으로 명령을 듣는 듯한 모습이었다.

순간 그들은 가던 길을 일제히 다시 총총히 가기 시작했고, 주저앉았던 짙은 눈썹의 사내는 대무영을 한 차례 날카롭게 쏘아보고는 동료들을 따라 바삐 사라졌다.

대무영 자신도 가는 길이 바빴으나 상대가 소매전사들이라서 자연스럽게 관심이 갔다.

뒤돌아서 쳐다보니 거리 저 멀리에서 사내들이 가고 있는 것이 보였다.

그들은 제각각 다른 색의 경장을 입었으나 멀리에서 보니까 같은 부류라는 것이 한눈에 들어왔다.

느슨한 모습의 다른 행인들에 비해서 그들은 걸음이 빠르고 절도 있으며 동작이 균일했다.

그 모습은 마치 여러 종류의 수많은 새 속에 섞여 있는 한 무리의 매처럼 확연히 눈에 띄었다.

조금 전에는 대여섯 명이었는데 지금 보니까 십오륙 명이다. 대무영이 봤던 자들보다 앞선 자들인 듯했다.


거리에서 해란화를 찾지 못한 대무영은 일단 서주 거리에 있는 객잔과 주루들을 차례로 뒤지기 시작했다.

서주에 얼마나 많은 객잔과 주루가 있을지 모르지만 뒤져 봐야만 한다.

만약 현재 해란화와 주현이 서주의 다른 지역에 있으며, 대무영이 객잔과 주루를 뒤지고 있는 도중에 떠난다고 해도 어쩔 수가 없는 노릇이다.

한 시진 쯤 지났을 무렵 그는 이십여 곳의 객잔과 주루를 살펴보고 있었다.

거리를 보니까 아직 절반의 절반도 뒤지지 못한 것 같아서 마음이 조급해졌다.

그는 걸음을 재촉하여 다음 주루를 향해 사람들을 헤치면서 걸어갔다.

[단목검객이십니까?]

그때 바로 옆에서 조용한 전음이 들렸다.

힐끗 돌아보니 한 명의 냄새 나는 거지가 조심스러운 표정으로, 그러나 날카로운 시선으로 그를 주시하고 있었다. 대무영은 거지가 개방제자일 것이라고 직감했다.

[그렇네.]

[따라오십시오. 드릴 말씀이 있습니다.]


거리에 면한 골목 안 한적한 곳에 대무영과 개방제자가 마주 서 있다.

"찾고 계시는 해란화 소저를 찾은 것 같습니다."

"그런가?"

대무영은 너무 기뻐서 심장이 터질 것만 같았다.

개방제자는 품속을 뒤져서 전신 두 장을 내밀었다. 한 장에는 해란화가, 다른 한 장에는 강퍅한 인상인 중년인의 용모가 섬세하게 그려져 있었다.

"해란화……."

"맞습니까?"

대무영이 해란화의 진면목과 거의 흡사하게 그린 전신을 보면서 애달픈 표정을 짓고 있는데 개방제자가 조심스럽게 물었다.

대무영은 정신이 번쩍 들었다.

"맞네. 그녀는 지금 어디에 있는가?"

"한 시진 반 전에 서주를 떠났습니다."

"떠나?"

대무영은 가슴이 철렁 내려앉았다. 그것도 모르고 그는 객잔과 주루를 뒤지고 있었다.

"그렇지만 염려하지 마십시오. 본방 제자들이 미행하고 있는 중입니다."

"아……."

물속으로 가라앉던 그가 밧줄을 잡았다. 문득 그는 얼핏 봤던 또 한 장의 전신을 들어 올렸다.

"이자……."

"해란화 소저가 탄 마차를 몰던 자입니다. 생사혈륜(生死血輪) 난마라고 합니다."

대무영은 아까 거리에서 봤던 마차를 몰던 강퍅한 인상의 중년인을 떠올렸다.

그자가 틀림없다. 한 번 본 얼굴은 절대 잊지 않는 대무영인 데다 그자는 인상이 특이하고 허리춤에 한 쌍의 륜을 차고 있어서 더욱 잊히지 않았다.

"아……."

그때 대무영의 뇌리를 스치는 것이 있었다. 마차를 지나쳤을 때 들려온 소리다. 누군가 마차 안에서 벽을 두드리는 듯한 소리였었다.

그 소리는 맹렬하고 결사적이었으며 대무영이 돌아서서 마차로부터 멀어질 때까지 오랫동안 들렸었다.

이제 생각해 보니 그것은 마차 안에 타고 있던 해란화가 벽을 두드리는 소리였다.

그녀는 마차를 스쳐 지나고 있던 대무영을 발견했던 것이 분명하다.

벙어리가 된 그녀는 그래서 어떤 방법으로든 자신의 존재를 대무영에게 알리려고 필사적으로 마차의 내부 벽을 두드렸던 것이다.

"그녀였어……."

그 소리를 들었으면서도, 죽을힘을 다해서 손에 피가 나도록 두드리는 그 처절한 절규를 무시한 채 그는 돌아서서 그녀와 멀어졌었다.

아아… 그때 그녀가 느꼈을 절망감을 상상하는 것조차도 죄스럽고 미안하다.

"해란화……."

대무영의 가슴 밑바닥에서 무언가 뜨거운 것이 울컥 치밀어 올랐다.

"생사혈류 난마는 쟁천섭이류 신위입니다. 또 한 가지 사실은 강호에 전혀 알려지지 않은 사실이지만, 그는 삼천성의 측근입니다."

"천무천인 말인가?"

"그렇습니다."

대무영은 적잖이 놀랐다. 일이 어떤 식으로 꼬이는 것인지는 모르겠지만, 이 일에 천무천인이 개입되었다는 사실이 뜻밖이면서도 놀라웠다.

합비 만희각에서 해란화를 데리고 나온 자가 난마가 아닌 것만은 분명했다.

봉양현 선부들이 봤다는 해란화와 함께 있는 사내는 이십 대 초반에 준수한 용모라고 했었다.

그 청년이 주현인 것 같은데 그는 어디로 사라지고 난데없이 생사혈륜 난마가 해란화와 함께 있다. 대체 뭐가 어떻게 돌아가고 있는 일인가. 설마 천무천인이 이 일에 개입되었다는 말인가.

"안내하게."

"저를 따라오십시오."

그러나 어쨌든 상관없다. 무슨 일이 있어도 해란화를 구해내고 말 테니까 말이다.


대무영이 해란화가 타고 있는 마차를 따라잡은 곳은 대초원의 한복판으로 산동성 어태현(魚台縣)을 이십여 리쯤 남겨둔 지점이었다.

그 길은 산동성의 서쪽 끝을 가로질러서 곧장 북경으로 뻗어 있다.

그런데 그곳에서는 전혀 예상하지 않았던 뜻밖의 상황이 벌어지고 있었다.

대무영이 서주 거리에서 봤던 이두마차가 관도 한가운데 멈춰 있으며, 관도 상에서 피 튀기는 치열한 싸움이 벌어지고 있는 것이다.

마차를 몰던 강퍅한 중년인, 즉 생사혈륜 난마라는 자가 마차 옆에서 열 명의 경장고수에게 둘러싸인 상태에서 양손의 쌍륜으로 싸우고 있다.

땅바닥에는 이미 다섯 명이 여기저기 흩어져서 피를 흘리며 죽어 있었다.

하나같이 목이 잘리거나 절반쯤 잘라진 처참한 모습인데 난마의 륜에 당한 것이 분명했다. 급소만을 노린 잔인한 수법이다.

그런데 난마를 협공하고 있는 경장고수들은 다름 아닌 소매전사였다.

서주 거리에서 대무영하고 부딪쳐서 엉덩방아를 찧었던 짙은 눈썹의 사내도 검을 휘두르며 동료들과 함께 난마를 협공하고 있었다.

열 명에게 합공을 당하면서도 난마는 외려 소매전사들을 심하게 압박하며 몰아붙이고 있었다.

소매전사 각자의 무공은 대단해 보였다. 그들 각자 최소한 쟁천십이류의 아홉 번째 등급인 후선이나 열 번째인 패령 이상 돼보였다.

그런데도 그들 십오 명이 난마를 당해내지 못하고 이미 다섯 명이나 목숨을 잃었다.

십오 명일 때도 난마에게 맥을 못 췄는데 열 명으로는 더욱 가능성이 없을 것이다.

대무영은 소매전사들의 목적이 난마를 죽이는 것일 거라고 짐작했다.

원래 소매곡은 쟁천십이류의 고수들을 죽이는 것이 목적이기 때문이다.

그러나 대무영은 그들의 싸움에는 추호도 관심이 없다. 오로지 마차 안에 있을 해란화를 구하는 것만이 목적이다.

싸움이 벌어지고 있는 관도의 양쪽 칠팔 장 쯤 떨어진 곳에는 몇 명의 행인이 모여 있다. 길을 가야 하는데 싸움 때문에 그러지 못하는 것이다.

행인들 틈에 대무영이 끼어서 싸움을, 아니, 마차를 뚫어지게 주시하고 있다.

이윽고 대무영은 마차를 향해서 걸음을 옮기기 시작했다. 난마와 소매전사들이 마차 바로 옆에서 싸우고 있기 때문에 그들에게 곧장 걸어갔다.

마차의 앞머리는 어태현 쪽을 향하고 있어서 그는 마차의 뒤쪽으로 걸어가는 형국이다.

마차 안에 있는 해란화는 밖에서 격렬하게 싸우는 소리와 비명 소리를 들으면서 잔뜩 겁에 질려서 뒤쪽 창에 등을 대고 웅송그린 채 앉아 있었다.

"흐악!"

쿵!

그때 마차 밖에서 처절한 비명 소리가 터지더니 무언가 육중한 물체가 마차에 부딪쳤다.

해란화는 화들짝 놀란 후에 조심스럽게 창틈으로 밖을 내다보았다.

난마가 죽인 소매전사가 쓰러지면서 부딪친 곳은 마차의 옆인데 그녀는 자신이 웅크리고 있던 뒤쪽 창틈을 내다본다.

'아……'

그런데 창틈에 눈을 댄 그녀의 시야에 들어온 것은 아까 서주의 복잡한 거리에서 봤던 수염투성이 사내의 모습이다. 그가 이쪽으로 성큼성큼 걸어오고 있는 것이다.

'영랑… 아아……'

해란화는 자신이 너무나도 대무영을 그리워하다가 헛것을 보는 것은 아닌지 손으로 눈을 비비고 다시 바라보았으나 헛것이 아니라 틀림없는 대무영이다. 기쁨과 반가움으로 눈물이 왈칵 쏟아졌다.

탁탁탁탁……

그녀는 서주 거리에서 그랬던 것처럼 다시 두 손으로 맹렬히 창을 두드리기 시작했다.

'소녀가 여기에 있어요. 이번에는 부디 발길을 돌리지 마세요'라고 그녀는 두 손으로 창을 두드리면서 소리 없는 절규를 터뜨렸다.

탁탁탁탁탁······.

마차를 향해 걸어가던 대무영은 마차 안에서 누군가 격렬하게 두드리는 소리에 뚝 걸음을 멈추었다.

서주의 복잡한 거리에서 들었던 바로 그 소리다. 다른 것이 있다면 그때보다 더 격렬하고 더욱 가까이에서 들린다는 사실이다.

'해란화······.'

그는 가슴이 벅차올라 다시 빠른 걸음으로 걸었다. 해란화가 자신을 보고 있다는 생각을 하자 저도 모르게 얼굴에 환한 미소가 떠올랐고 마차 안에 있을 해란화를 향해 손을 들어 흔들어 보였다.

탁탁탁탁탁······.

난마는 갑자기 마차 안에서 들려오는 소리에 움찔했다. 직감적으로 마차 안에 있는 해란화에게 무슨 일이 있다는 생각이 들었다.

하지만 돌아볼 겨를이 없다. 아무리 그가 싸움의 우위를 점하고 있어도 단 하나의 허점을 보이는 순간 피를 뿌리고 쓰러지는 것은 그가 될 것이다.

그는 싸움을 빨리 끝내야겠다고 생각했다. 이놈들은 소매전사라서 신위인 자신을 노리기 때문에 해란화는 안전할 것이라고 생각하지만, 세상일이라는 것은 언제 무슨 일이 일어날지 알수 없다. 빨리 싸움을 끝내고 이 자리를 뜨는 것이 최선이다.

여태까지는 쌍륜을 양손에 나누어 쥐고 싸웠으나 싸움을 빨리 끝내야겠다는 결정을 내린 순간 쌍륜 중에서 오른손의 륜이 느닷없이 그의 손을 떠났다.

쉬아앙─

둘레가 날카로운 칼날처럼 잘 벼려져 있는 륜은 허공으로 쏘아나가 맹렬하게 회전하면서 가장 가까이에 있는 소매전사의 목을 뎅겅 자르고서도 계속 날아갔다.

"끅!"

륜이 두 번째 소매전사의 어깨에 틀어박힐 때 첫 번째로 목이 잘렸던 소매전사의 머리가 어깨에서 분리되어 허공으로 솟구치며 목에서 시뻘건 피분수를 뿜었다.

두 번째 소매전사의 어깨로 파고들어 반대편 옆구리로 튀어나온 륜은 마치 눈이 달린 살아 있는 생명체처럼 허공에서

곡선을 그려 방향을 바꾸면서 세 번째 먹잇감을 향해 빠른 속도로 쏘아갔다.

찌껑!

소매전사가 자신의 목을 향해 쏘아오는 류을 수중의 도를 힘껏 휘둘러서 퉁겨냈다.

그러나 류은 지면에 떨어지지 않고 방향을 바꿔 다른 소매전사를 향해 짓쳐갔다.

도에 부딪쳐서 퉁겨지는 바람에 류은 전혀 예측하지 못했던 방향으로 급격히 쏘아가 미처 방비를 하지 못한 또 한 명의 소매전사의 한쪽 팔을 잘랐다.

난마는 자신을 향해 날아오는 류을 잡으려고 오른손을 뻗으면서 이번에는 왼손의 류을 날리려고 했다.

그때 그는 마차 뒤쪽 삼 장 거리에서 걸어오고 있는 대무영을 발견했다.

콰차차창!

그는 날아노는 류을 잡자마자 쌍류으로 소매전사들을 맹렬하게 공격하여 물러나게 한 후 재빨리 마차 뒤쪽으로 달려갔다.

"가까이 오지 마라!"

그가 위협적으로 쩌렁하게 외치는데도 대무영은 걸음을 멈추지 않았으며, 뒤따라온 소매전사들이 계속 그를 공격하기 시작했다.

그는 소매전사들의 합공을 방어하면서 재빨리 대무영을 살펴보았다.

난마가 보기에 새로 나타난 자의 정체는 모르지만 결코 평범한 고수가 아닌 것은 분명하다는 직감이 들었다.

대무영은 마차에서 해란화를 구출하기 위해서는 난마를 처리해야 한다고 생각했다. 그냥 말로써 해란화를 내놓으라고 하면 난마가 절대 순순히 듣지 않을 것이다.

스응…….

대무영은 어깨의 천지검을 뽑으면서 난마를 향해 곧장 성큼성큼 걸어갔다.

"웬 놈이냐?"

난마는 소매전사들과 싸우면서 긴장한 얼굴로 대무영에게 소리쳤다.

"나는 마차 안에 있는 사람을 데리러 왔다. 네가 마차에서 물러나면 싸우지 않겠다."

난마로서는 열흘 삶은 호박에 이빨도 들어가지 않을 말이다. 주군인 천무천인의 명령으로 주도현의 손님을 호위하고 있는데 생면부지의 인물에게 뺏긴다면 살아서 천무천인에게 돌아가지 못할 것이다.

"그러기 전에 내 손에 죽어야 할 것이다!"

대무영은 그럴 줄 알았다는 듯 발끝으로 지면을 박차고 곧장 난마에게 짓쳐가며 짧게 외쳤다.

슈욱!

"소매전사들은 물러나라!"

소매전사들은 멈칫했다. 순간 그들의 우두머리가 물러나라는 전음을 보내자 일제히 뒤로 썰물처럼 물러났다.

난마도 그러는 편이 훨씬 좋다. 지금 검을 뽑아 쥐고 짓쳐오는 자가 얼마나 강한지는 모르지만 그가 소매전사들과 합세를 하면 곤란해지는 것은 당연하다. 그런데 그가 소매전사들더러 물러나라고 외치고, 실제 그들이 물러나자 난마는 홀가분했다.

그러면서 어쩌면 지금 공격해 오는 자가 예상했던 것보다 더 고강할지 모른다는 생각이 뇌리를 스쳤다.

그자가 난마의 신분을 알면서도 소매전사들을 물러나게 했다면 일대일로도 난마를 능히 감당할 수 있다는 뜻이 아니겠는가.

팽팽한 긴장이 난마의 온몸을 휩쓸었다. 대체 얼마 만에 느껴보는 기분 좋은 긴장감인가.

그래서 그는 처음부터 전력을 다할 각오로 쌍륜을 잡고 있는 양손에 더욱 힘을 주며 대무영을 마주쳐 나갔다.

일 장 앞으로 쇄도한 대무영은 난마의 상체를 노리고 곧장 벼락치기를 전개했다.

키우우—

그는 얼마 전에 백당하고 싸울 때 벼락치기로 그를 옴짝달싹하지 못하게 꽁꽁 묶어버렸었다.

난마는 백당보다 한 등급 낮은 신위이므로 벼락치기로 충분히 요리할 수 있을 것이라고 자신했다.

난마는 자신이 가장 자랑하는 수법을 막 전개하려다가 흠칫 놀랐다.

"……!"

대무영이 짓쳐오는 검의 속도가 빛처럼 빨랐기 때문이다. 저런 속도라면 난마가 쌍륜으로 수법을 전개하기도 전에 당하고 말 것이다.

그는 수법을 전개하려다가 말고 다급히 쌍륜을 들어 천지검을 방어해 나갔다.

"……."

그런데 도대체 저 검이 베어오는 것인지 찔러오는 것인지 종잡을 수가 없다.

정수리, 목, 심장, 복부, 옆구리 다섯 군데를 동시에 노리고 빛처럼 빠르게 짓쳐오는 공격이라니, 이런 것은 본 적도 들어 본 적도 없는 검법이다.

카카카카캉!

"우웃!"

생각은 나중이다. 일단은 공격을 막고 봐야 한다. 난마는 쌍륜을 정신없이 휘둘러서 겨우 다섯 차례 공격을 막았으나 쌍륜을 잡고 있는 손아귀가 찢어지는 것 같고 양팔이 부러질 듯이 뻐근한 충격을 받았다.

그러는 와중에 그는 대무영의 첫 번째 공격이 끝났으니 지금 이 순간 반격을 해야 한다고 생각했다.

키우웃!

그러나 상대의 공격이 계속 이어지고 있었다. 믿을 수 없는 일이다.

한 차례의 공격이 끝나면 아무리 짧더라도 약간의 텀이 있게 마련인데, 이것은 마치 처음의 공격이 계속 이어지고 있는 것 같지 않은가.

쩌쩌쩌껑!

"으으……."

난마는 또다시 급소를 노리고 쇄도하는 다섯 변화의 공격을 가까스로 막았다.

자신도 모르는 사이에 입에서 짓씹는 듯한 신음이 새어 나왔고, 단지 공격을 막았을 뿐인데 두 팔뿐만이 아니라 온몸이 부서지는 것 같은 충격이 엄습했다.

이번에도 마찬가지다. 다섯 개의 공격을 아슬아슬하게 막았더니 또 다른 부위를 향해 다섯 개의 변화가 담긴 공격이 와르르 쏟아졌다.

아니, 이것은 다섯 개라고 구분할 수가 없다. 처음부터 계속 번갯불처럼 이어지고 있으므로 지금 그가 막으려고 하는 공격이 열한 번째다.

콰차차창!

대무영은 숨 쉴 틈 없이 벼락치기를 퍼부었다. 그가 예상했던 대로 난마는 뒤로 밀리면서 순식간에 열세에 처해서 전전긍긍했다.

난마는 삼십 년 가까이 강호를 종횡하면서 수천 번의 싸움을 벌였으나 지금처럼 궁지에 몰렸던 적은 단연코 한 번도 없었다.

천무천인의 충복으로 강호를 질타하면서 수많은 승리를 거두었던 그였기에 불행이라는 것은 그 어떤 예고도 없이 불쑥 들이닥친다는 사실을 알지 못했다.

아니, 말로는 알고 있었으나 그 상황에 자신이 처하게 될 줄은 꿈에도 몰랐었다.

콰차차… 쩌쩡쩡…….

불과 세 호흡 만에 그는 무려 오십여 번의 공격을 막아내고 있는 중이다.

대무영을 힐끗 한 번 쳐다볼 겨를조차도 없이 그저 공격을 막기에만 급급하다.

정신이 하나도 없고 이러다가는 변변한 공격도 한 번 해보지 못하고 당하고 말지 모른다는 불길함에 휩싸였다.

십여 걸음쯤 물러나 있는 소매전사들은 이 광경을 눈으로 보면서도 믿어지지 않는다는 표정으로 싸움을, 아니, 대무영의 일방적인 공격을 쳐다보고 있었다.

그들은 대무영이 혼자서 쟁천십이류의 신위를 전전긍긍하게 만드는 광경을 구경하는 행운을 얻었다.

더구나 만약 대무영이 나타나지 않았다면 소매전사들은 모두 난마에게 죽음을 당했을 것이다.

소매전사 중에 서주의 거리에서 대무영하고 부딪쳐서 주저앉았던 짙은 눈썹의 인물은 눈앞에서 벌어지고 있는 광경을 보면서 간담이 서늘해지는 것을 느꼈다.

그 당시에 땅바닥에 떨어뜨린 소매영패를 대무영이 봤다는 이유로 그를 죽여야 하지 않나, 라고 잠시나마 생각했던 적이 있었기 때문이다.

만약 그때 그를 죽이려고 했다면 소매전사들은 난마의 얼굴을 구경도 못해보고 서주 거리에서 모두 죽음을 당하고 말았을 것이다.

지금 소매전사들은 대무영이 무슨 수법으로 난마를 궁지로 몰아넣고 있는지 알지 못했다.

아무리 눈을 부릅뜨고 살펴봐도 그가 전개하는 수법이 무엇인지 짐작조차 할 수가 없다.

그들은 단지 대무영이 난마에게 한 걸음씩 뚜벅뚜벅 다가들면서 검을 휘두르고, 그에게서 무수히 번뜩이는 빛살이 난마에게 와르르 쏟아져 가는 것만 보일 뿐이다.

대무영은 난마의 실력을 충분히 파악했다. 아울러 자신의 실력이 어느 수준이라는 것도 분명하게 깨달았다. 그는 난마보다, 그리고 백당보다도 강하다. 즉, 신위나 절대보다 강하다는 뜻이다.

그러므로 어쩌면 천무하고도 일대일로 싸울 능력이 있을지 모른다.

그렇지만 그런 일은 없을 것이다. 그의 적은 오로지 적사파울뿐이다.

대무영은 백당에게 두 번째로 전개했던 수법을 난마에게 사용하려고 한다.

즉, 벼락치기를 전개하면서 동시에 왼손으로 불꽃쏘기를 발출하는 것이다.

후우―

벼락치기를 막느라 미친 듯이 쌍륜을 휘두르고 있는 난마는 대무영의 왼손이 뻗어지며 붉은 광채가 번쩍 뿜어지는 것을 발견하지 못했다.

아니, 발견했다고 해도 벼락치기를 막느라 피할 엄두조차

내지 못할 터이다.

퍽!

"커흑!"

지척에서 발출된 불꽃쏘기는 난마의 가슴 한복판에 적중 됐으며, 그는 자신이 무엇에 당했는지도 모른 채 그저 가슴에 화끈한 느낌만 받았을 뿐이다.

"흐어……"

난마는 동작을 멈추고 비틀거리면서 뒤로 주춤주춤 물러 나 자신의 가슴을 굽어보았다.

그는 가슴에 주먹이 통째로 들어갈 만큼 커다란 구멍이 뚫 렸으며 그곳에서 살과 뼈, 내장이 타는 매캐한 연기가 피어오 르는 것을 자신의 코로 직접 맡았다.

적삼족오의 극열이 그의 가슴과 등을 관통하여 구멍을 뻥 뚫어버린 것이다.

"이… 런… 어이… 없… 는……"

쿵!

알아듣기 어려운 말을 중얼거리던 그는 스르르 뒤로 넘어 가더니 묵직하게 쓰러졌다.

눈을 부릅뜨고 입을 크게 벌린 그는 쓰러지는 도중에 숨이 끊어졌다.

# 第八十九章

동반도주

소매전사들은 혼비백산 경악한 표정으로 대무영과 죽은 난마를 번갈아 쳐다보았다.

그들이 경악하는 이유는 신위 난마가 죽었기 때문이기도 하지만, 그를 시종일관 여유 있게 궁지로 몰아붙이다가 무시무시한 불길로 가슴에 구멍을 뚫어서 죽인 대무영의 신기(神技)에 더욱 놀라서 정신을 차리지 못했다.

그러나 난마의 죽음이나 소매전사들의 경악 따위에는 추호도 관심이 없는 대무영은 천지검을 검실에 꽂고 긴장된 표정으로 마차 문을 움켜잡았다.

그는 문을 열기 전에 간절한 마음으로 천지신명에게 기도했다. 마차 안에 있는 사람이 부디 해란화이기를.

끼이…….

문이 조금 열리면서 바깥의 빛이 어두컴컴한 마차 안으로 쏟아져 들어갔다.

그리고 그곳에 꿈에서도 그리던 해란화가 비 오듯이 눈물을 흘리면서 기도를 올리듯이 무릎을 꿇은 채 앉아서 그를 바라보았다.

"해란화……."

'영랑…….'

해란화는 대무영의 두 눈에 이슬이 맺히는 것을 보고는 그대로 몸을 날려 그의 품으로 뛰어들었다.

대무영은 두 팔로 그녀의 허리를 안고 마치 자신의 몸속에 구겨 넣을 것처럼 깊이 끌어안았다.

'흐흐흑…….'

해란화는 이제 죽어도 여한이 없다. 그녀는 두 팔로 그의 목을 안고는 눈물을 흘리면서 뺨을 비볐다.

예전에 그와 함께 있을 때에는 얼굴을 똑바로 바라보는 것조차 부끄러워했으나 한 번의 큰 이별의 경험이 그녀를 새롭게 만들었다.

사랑한다면 솔직하게 표현하고 또 행동해야 후회가 남지

않는다는 것을 깨달았다.

그와 헤어져 있는 동안 그녀는 매일 밤마다 그의 여자가 되는 꿈을 꾸었다.

끝없는 그리움 속에서 그녀는 대무영과 함께 있었던 시절이 얼마나 행복했었는지를 깨닫게 되었다.

사람은 태양이 항상 머리 위에 떠 있으면 태양의 고마움을 모른다. 태양이 사라져야 비로소 태양의 고마움을 절실히 깨닫게 되는 것이다.

뺨을 비비던 그녀의 입술이 목마른 아이처럼 대무영의 입술을 찾았다.

대무영은 이렇게 적극적인 해란화를 본 적이 없었다. 그녀는 죽을 때까지 떨어지지 않을 것처럼 달라붙어서 조그만 입 안에 그의 혀를 가득 빨아들여 놓지 않았다.

그것은 단지 사랑의 행위가 아니다. 대무영은 그 입맞춤을 통해서 지난 일 년여 동안 그녀가 얼마나 절망했으며 그를 그리워했는지를 교감했다.

대무영이 등을 보이고 있기 때문에 소매전사들은 두 사람이 격렬하게 입맞춤을 하고 있는 것이 보이지 않았다. 다만 입맞춤을 하고 있는 것이라고 짐작할 뿐이다.

소매전사들은 대무영이나 해란화가 누군지 전혀 알지 못하지만, 분명한 것은 대무영이 마차 안에 있는 해란화를 구하기 위해서 난마와 싸워서 죽였다는 사실이다.

이윽고 긴 입맞춤을 마친 대무영은 해란화를 안고 그곳을 떠나려고 했다.

"잠깐 기다리시오."

그때 살아남은 일곱 명의 소매전사 중에서 우두머리인 소매이십오혼이 앞으로 나서며 대무영을 불렀다.

대무영이 걸음을 멈추고 돌아보자 소매이십오혼은 정중히 포권을 했다.

"귀하 덕분에 위기를 넘겼소. 고맙소."

소매이십오혼은 대무영이 다시 가려고 하자 급히 앞을 막아서며 물었다.

"실례지만 귀하의 존성대명이 어떻게 되오? 반드시 보답을 하고 싶소."

크고 장대한 체구에 곱슬거리는 턱수염을 기른 사십대 초반의 소매이십오혼은 진심 어린 표정을 지었다.

"귀하는 우리가 소매전사라는 사실을 알고 있으니 숨기지 않겠소. 소매곡은 쟁천십이류를 타파하는 것이 목적이지만 은혜를 입고서도 모른 체하지는 않소."

대무영은 소매이십오혼이 더 말하려고 할 때 다시 걷기 시작했다. 만약 소매이십오혼이 비키지 않는다면 부딪치고 말 것이다.

소매이십오혼은 난감한 표정을 짓더니 급히 옆으로 비켰고 대무영은 성큼성큼 걸어서 지나갔다.

소매이십오혼과 소매전사들은 멀어지는 대무영의 모습을 아쉬운 표정으로 지켜보았다.

*　　　*　　　*

산동성 한가운데에 자리를 잡고 있는 태기산맥(泰沂山脈)은 중심부에 노산(魯山), 서쪽에 태산(泰山), 동쪽에 기산(沂山), 남쪽에 몽산(蒙山) 네 개의 산으로 이루어져 있다.

동쪽 기산의 수려한 계곡 안에 이 땅에서 가장 고강하고 위대한 무인(武人) 삼천성 천무천인의 거처인 천성관(天聖館)이 있다.

서주에서 기산은 동북쪽에 있고 북경은 서북쪽으로 가야 하기 때문에 주도현은 사군을 부득이 난마에게 맡길 수밖에 없었던 것이다.

지난 일 년여 동안 천성관에 기거하고 있는 누이동생 주지화가 성한 몸이었다면 주도현이 직접 그녀를 데리러 오지 않아도 괜찮았을 것이다.

하지만 그녀는 오래전에 기억을 잃었으며 아직까지도 기억을 되찾지 못하고 있다.

그렇기 때문에 주지화를 데리러 그가 직접 온 것이다. 그는 사군을 몹시 마음에 들어 하지만 누이동생인 주지화하고 비교할 수는 없다.

그런데 주도현이 주지화를 데리고 천성관을 막 나서려고 하는데 느닷없이 급보가 날아들었다.

관도 상에서 싸움이 벌어져서 누군가 난마를 죽이고 사군을 데려갔다는 내용이었다.

아마 그 당시에 관도에서 싸움을 구경하던 사람 중에 강호인이 섞여 있었던 모양이고, 그들에 의해서 소문이 퍼져 나간 듯했다.

천성관은 산동성과 하북성, 강소성, 안휘성 등지에 도합 수백 개에 이르는 지부 성격의 조직인 승무단(勝武壇)을 거느리고 있다.

그들은 전부 천성관에서 십 년 넘게 무공을 배우고 나간 쟁쟁한 인물이다. 말하자면 그들은 천무천인의 문하제자(門下弟子)라고 할 수 있다.

난마가 죽음을 당한 충격적인 사건은 즉시 인근 어태현의 승무단으로 알려졌다.

그들은 사건에 대해서 자세히 조사한 후에 기산 천성관으로 전서구를 날렸다.

'사군, 그녀가…….'

주도현은 사군을 잃었다는 사실이 마음 아팠으나 북경, 즉 황궁으로 가는 걸음을 늦출 수가 없다.

하지만 그는 자신이 죽을 때까지 사군 같은 여자를 두 번 다시 만날 수 없을 것이라고 생각했다. 그 정도로 그는 사군을 좋아했었다.

주도현과 주지화가 탄 두 필의 말이 천성관 전문 앞으로 나왔고 여러 사람이 배웅을 하러 나왔다.

그들 중에는 천무천인의 첫째제자 무상절 사도헌과 둘째제자 일편절 나운정도 있었다.

이들은 셋째제자인 주지화와 더불어 강호에서 소삼천(小三天)이라 불리고 있다.

사도헌이 마상의 주도현에게 정중하게 말했다.

"태자 전하, 저희가 난마를 죽인 자를 죽이고 사군 소저를 구해오겠습니다."

"그래주겠소?"

주도현은 자신이 사군을 좋아하고 있다는 사실을 감추려고 하지 않았으며, 그녀를 구해오겠다는 말에 기쁨 역시 감추려고 하지 않았다.

사도헌과 나운정은 나란히 주도현에게 허리를 굽혔다.

"태자 전하를 오래 기다리시게 하지 않겠습니다."

"부탁하오."

주도현은 진심 어린 표정으로 포권을 해보이고는 천성관을 출발했다.


　주도현과 주지화 남매는 태기산맥 너머 동북쪽인 창락현(昌樂縣)이라는 곳에 도착하여 주루에 들어갔다.

　두 사람을 호위하기 위해 천성관에서 열 명의 고수가 따라왔기에 그들도 함께 주루 안에 자리를 잡았다.

　주도현은 여기까지 오는 동안 주지화와 여러 방법으로 대화를 시도해 봤으나 모두 실패했다.

　그렇다고 해서 주지화가 입을 꼭 닫고 아무 말도 하지 않는다는 것이 아니다.

　그녀는 주도현은 물론이고 과거 자신이 살아왔던 일들을 조금도 기억하지 못하기 때문에 두 사람 사이에 대화를 이어갈 화젯거리가 없는 것이다.

　주도현은 천하를 주유하다가 두어 달 전에야 주지화에 대한 소식을 들었으며 그녀가 천성관에 머물고 있다고 해서 그곳으로 가는 길이었다.

　그녀의 사부인 천무천인과 사형인 무일쌍절의 말에 의하면, 주지화는 예전하고는 달리 천성관에서 어느 누구하고도 친분이 없으며 하루 종일 한마디도 하지 않는 날이 비일비재했다고 한다.

그리고는 틈만 나면 탈출을 했는데 그때마다 무일쌍절에게 다시 붙잡혀 왔다는 것이다.

천무천인은 총애하는 막내제자의 잃어버린 기억을 되살리려고 다각도로 노력을 기울였으나 끝내 성공하지 못했다.

"화야."

요리를 먹다가 주도현은 조용히 그녀를 불렀다. 하지만 그녀는 그를 쳐다보지도 않고 묵묵히 먹기만 했다.

예전에는 천하에서 가장 좋아하는 오라버니였는데 이젠 소 닭 보듯이 하고 있다.

"천성관에 머물면서 무엇 때문에 계속 탈출하려고 했었던 게냐?"

그러자 주지화는 젓가락을 내려놓더니 묵묵히 창밖을 바라보았다.

주지화는 이십 세가 됐다. 예전 십팔 세 때에도 천하제일미라는 말을 들을 정도였지만, 지금은 더욱 성숙해져서 그때하고는 비교도 할 수 없을 만큼 아름다워졌다.

주도현은 주지화를 보면서 미모로 그녀와 견줄 만한 여자는 사군뿐이라는 것을 새삼 깨달았다.

그때 영원히 침묵하고 있을 것 같았던 주지화가 창밖을 바라보면서 조용히 중얼거렸다.

"누구를 만나러 가야 되기 때문이야."

그녀는 천성관에 있는 동안 사부 천무천인에게도 반말을 했었다. 기억을 잃은 그녀에게 천무천인은 사부도 뭣도 아니기 때문이다.

주도현은 주지화가 자신의 물음에 대답을 했다는 사실에 크게 기뻤다.

"누굴 만나려는 것이냐?"

"내 생명 같은 사람이야."

주도현은 누이동생하고 대화의 물꼬를 텄다는 사실에 기뻤으나 그녀의 말에 매우 놀랐다.

'생명 같은 사람'이라니, 설마 그런 말을 할 줄은 전혀 예상하지 못했다.

"혹시 남자냐?"

"그래."

주도현은 조마조마한 심정으로 물었으나 주지화는 거침없이 대답했다.

"어… 떤 사람이냐?"

누이동생이 언제까지나 마냥 어린애일 것이라고만 생각했었는데 '생명 같은 사람'이 생겼으며 그 사람을 만나기 위해서 줄곧 천성관에서 탈출하려고 했었다는 사실에 주도현은 적잖이 충격을 받았다.

그의 물음에 대답을 하기도 전에 그 사람에 대해서 생각하는 것만으로도 주지화의 얼굴 가득 꿈을 꾸는 듯한 아스라한 그리고 행복한 표정이 물결처럼 번졌다.

"그는 천하에서 가장 완벽한 남자야. 그렇게밖에는 설명할 수가 없어."

주도현은 기분이 조금 씁쓸해졌다. 예전에 주지화는 오라버니 주도현을 천하에서 가장 완벽한 남자라고 항상 엄지손가락을 치켜세웠었다.

"그를 사랑하느냐?"

"그를 위해서 죽을 수 있을 만큼."

예전에 비해서 눈에 띄게 수척해지고 안색이 해쓱해서 주도현의 마음을 아프게 했던 주지화는 그 남자에 대해서 이야기하는 것만으로 얼굴에 은은한 화색이 돌았으며 생기가 넘쳤다.

주도현은 문득 이상한 생각이 들었다.

"그를 만난 것은 네가 기억을 잃은 후였느냐?"

"그의 말에 의하면, 우린 기억을 잃기 전에도 매우 친한 사이였으며 같은 집에서 살았었대."

"아……."

주도현은 자신도 모르게 낮은 탄성을 흘렸다.

"기억나지는 않지만, 나는 기억을 잃기 전부터 그를 사랑했었던 것이 분명해. 기억을 잃은 후에도 그의 곁에만 있으면 가슴이 두근거리고 마음이 편안했어."

주도현은 주지화가 말하고 있는 남자가 과연 누구일지 무척 궁금했다.

그렇게 훌륭한 사내라면 강호에서 꽤나 유명할 테고, 그렇다면 주도현도 이름 정도는 들어봤을지도 모른다는 생각이 들었다. 황궁을 나와서 천하를 주유한 것은 그런 경험을 쌓기 위함이었다.

"그가 누군지 말해주겠느냐?"

주지화는 처음으로 주도현을 똑바로 바라보며 또렷하게 말해주었다.

"그는 대무영이라고 해."

\*　　　\*　　　\*

대무영은 지난 며칠 동안 북상했던 길을 되짚어서 해란화와 함께 남하하고 있는 중이었다.

지금 그는 피가 뚝뚝 떨어지는 천지검을 움켜쥔 채 싸늘한 목소리로 말문을 열었다.

"너희는 누구며 왜 나를 죽이려는 것이냐?"

이곳은 관도 상이며 그의 주위에는 벼락치기에 의해서 죽은 십여 명의 고수 시체가 처참한 모습으로 널브러져 있고,

역한 피비린내가 풍기고 있다.

우뚝 서 있는 대무영 앞 땅에 주저앉아 있는 고수는 베어진 목을 손으로 움켜잡고 있는데, 손가락 사이로 피를 콸콸 쏟아내면서 원한 서린 얼굴로 대무영을 쏘아보았다. 상처가 심해서 그냥 내버려 둬도 죽을 것 같았다.

"크으으… 우린 승무단 사람들이다."

"승무단이 뭐냐?"

주저앉은 고수는 잠시 후에 과다출혈로 죽을 목숨이면서도 대무영이 승무단을 모른다는 사실에 엷은 멸시의 표정을 떠올렸다.

"으으… 무식한 놈…… 천성관 문하제자들이 세운 승무단을 모른다는 말이냐?"

등에 해란화를 업고 있는 대무영은 돌처럼 굳은 표정에 전혀 변화가 없다.

"천성관은 뭐냐?"

"이 자식아! 사부님이신 삼천성께서 계시는 곳이다!"

모욕이라고 여긴 고수는 자신의 처지도 잊고 버럭 소리를 지르는 바람에 손으로 움켜잡고 있던 목에서 피가 푹! 하고 터지더니 눈을 까뒤집고 옆으로 쓰러져서 몸을 부들부들 떨다가 이내 축 늘어지고 말았다.

대무영은 조금 전에 갑자기 추격해 와서 다짜고짜 여자를 내놓으라면서 공격을 퍼부은 십여 명이 삼천성 천무천인의 문하제자라는 사실을 비로소 알게 되었다.

그러나 거기까지뿐이다. 자세한 것은 모른다. 다만 개방제자가 알려준 바에 의하면 생사혈륜 난마는 삼천성 천무천인의 충복이라고 했다.

그렇다면 주현이라는 청년과 난마는 천무천인의 명령으로 해란화를 그에게 데려가고 있었을지도 모른다. 어째서 천무천인이 해란화를 필요로 하는 것인가.

어쨌든 천무천인의 문하제자들이 세웠다는 승무단 고수의 공격은 이번 한 번으로 그치지 않을 것이다.

천무천인의 명령이라면 무슨 일이 있어도 목적을 달성하려고 할 것이다. 그러므로 대무영으로서는 어떤 대책을 세워야만 한다.

대무영은 주위를 한 차례 빠르게 둘러보았다. 관도 양쪽 멀찌감치 떨어진 곳에 수십 명의 사람이 지켜보고 있는 모습이 보였다.

그는 문득 몇 시진 전에 생사혈륜을 죽인 후에도 관도 양쪽에 구경꾼들이 있었다는 사실을 기억해 냈다.

그래서 그때의 일이 구경꾼들 속에 섞여 있었던 이름 모를 강호인에 의해서 소문이 퍼져 나갔다는 사실을 깨달았고, 지금 여기에서 벌어진 일도 곧 소문이 퍼질 것이라는 사실을 알게 되었다.

그렇다면 이곳에서의 일은 오래지 않아서 천무천인 귀에 들어갈 테고, 그들의 추격은 계속 이어질 것이 분명하다.

해란화는 대무영 등에 업혀서 그의 등에 뺨을 붙이고 눈을 감고서 두 팔을 그의 양쪽 겨드랑이 아래로 넣어 가슴을 꼭 끌어안고 있다.

싸움이 끝났으나 그녀는 눈을 뜨려고 하지 않았다. 그녀의 머릿속에는 대무영이 최초로 죽인 고수의 정수리가 쪼개지는 광경이 눈을 감고 있는 지금도 망막에 생생하게 새겨져 있었다.

\*     \*     \*

대무영은 관도만을 고집하면서 남하할 수가 없었다. 제대로 된 길로 가면 더 많은 적의 추격과 도전을 받게 될 것이기 때문이다.

그래서 그는 애초에 북상할 때 왔었던 길을 되짚어 내려가는 방법을 버리고 다른 길을, 아니, 길도 없는 초원과 산길을 택했다. 뻥 뚫린 관도보다는 숨을 곳이 많기 때문이다.

그런데도 불구하고 여기까지 오는 동안 두 번 더 싸움을 벌여야만 했다.

그 두 번의 싸움에서 대무영은 천성관의 문하제자라는 자 사십여 명을 더 죽였다.

첫 번째 관도 상의 싸움에서 죽인 십여 명까지 합치면 오십 여 명이나 죽인 것이다.

천성관의 문하제자라고 자처하는 고수들은 대무영이 지금 까지 싸웠던 여느 고수들하고는 비교할 수 없을 정도로 고강 한 수준이었다.

물론 난마 정도 수준은 아니었으나 이십여 명씩 무리로 공 격을 하면 위협을 느낄 정도다.

앞으로 공격해 오는 수가 삼십 명이 될 수도 있으며 그 이 상일 수도 있다.

대무영 혼자라면 좌충우돌하면서 양손을 다 사용해서 어 떻게든 상대하겠지만, 문제는 싸울 때 등에 해란화를 업고 있 어야 한다는 사실이다.

해란화 때문에 운신의 폭이 좁아서 싸움에 지장을 초래하 는 것은 둘째 문제고, 중요한 것은 싸우다가 행여 해란화가 다치거나 죽을 수도 있다는 것이다.

대무영이 관도를 버리고 초원이나 험한 산을 택해서 남하 하고 있는데도 불구하고 적들이 두 차례나 공격했다는 사실 은 이 지역에 많은 적이 깔려서 수색, 추적을 벌이고 있다는 뜻이다.

만약 계속 관도로 남하했으면 더 많은 싸움을 치렀어야 했을 것이다. 아니, 지금쯤 무슨 일을 당했을 수도 있다.

캄캄한 밤.

대무영은 자신이 지금 넘고 있는 산이 어디쯤 있는 무슨 산인지 모른다.

산은 높지 않았으며 험준하지도 않다. 다만 낮은 산들이 그렇듯이 잡목들이 우거져서 한겨울 나뭇잎이 다 떨어졌는데도 불구하고 빽빽한 나무들 때문에 제대로 전진하는 것이 쉽지 않은 상황이다.

그 자신은 괜찮은데 업혀 있는 해란화가 걱정이다. 날카로운 나뭇가지에 찢어져서 그의 옷은 이미 너덜너덜한 상태가 돼버렸다.

그렇지만 도검으로도 상처가 나지 않는 그의 몸이니 나뭇가지 정도로는 끄떡도 없다.

문제는 해란화다. 등에 아무리 잘 업고 있어도, 그리고 나뭇가지를 잘 쳐내면서 전진해도 완벽할 수는 없다.

그녀는 무공의 '무' 도 모르기 때문에 작은 나뭇가지에 스쳐도 곧 상처로 이어지고 만다.

더구나 이런 식으로 나뭇가지를 쳐내면서 가다가는 무수한 흔적을 남기게 되어 추격자들에게 친절하게 길라잡이를 하는 꼴이 되고 만다. 하지만 대무영은 그것보다 해란화의 안위가 더 염려됐다.

한시바삐 그녀를 안전한 곳으로 데려가야만 한다. 그러나 안전한 곳에서는 적들의 공격이 더욱 거세어질 것이다.

결국 그는 궁리 끝에 한 가지 방법을 생각해 냈다. 해란화를 은밀하게 개방에 맡기자는 것이다.


그로부터 한 시진 후에 그는 산을 내려왔고 다행히 추격은 없는 것 같았다.

산을 내려오자 누런 풀이 덮여 있는 초원이 펼쳐졌다. 초원을 남쪽으로 한 시진 반 동안 달리자 동쪽 끝에서 부옇게 동이 터오기 시작했다.

'여기가 어디쯤인가?

달리면서 사방을 두리번거렸으나 시야에 들어오는 것은 오로지 드넓은 초원뿐이다.

그가 북상하여 서주로 갔을 때에는 오하현에서 북서 방향으로 배를 타고 거슬러 올랐었다.

그런데 그는 서주에서 관도를 따라 내려오다가 관도를 버리고 곧장 남쪽으로 달렸으니까 현재 오하현은 동남쪽에 있을 것이다.

방향이 틀렸더라도 상관은 없다. 그의 목적지는 오하현이 아니라 동료들이 기다리고 있을 안휘성 최남단의 장강변 유계구 포구다.

그가 지금처럼 전력으로 달리면 추격자들은 따라오지 못할 것이다.

그러나 문제는 추격자들의 연락을 받고 앞쪽, 즉 남쪽에서 치고 올라올 적들이다.

승무단이라는 조직이 천무천인의 문하제자들이 만든 것이라면 개방의 분타처럼 어디에나 있을 것이다.

대무영은 무슨 수를 써서라도 한시바삐 해란화를 개방에 맡겨야겠다고 생각했다. 유계구까지는 못 잡아도 오백여 리이상 될 텐데 해란화를 업은 채 거기까지 무사히 도착할 자신이 없다.

그런데 그때 저 멀리 남쪽 초원 끝에 하나의 마을이 아스라이 보였다.

저곳에 혹시 승무단 고수들이 있을지도 모르지만 그냥 지나칠 수가 없다. 개방제자가 있다면 그들에게 해란화를 맡겨야 하기 때문이다.

마을 어귀에 도착해 보니 그곳은 일개 작은 마을이 아니라 대무영이 지나왔던 봉양현 만큼이나 큰 현이었다.

그곳은 안휘성 북부지역의 대초원 한가운데 있는 영벽현(靈壁縣)이라는 곳이지만 대무영은 알지 못했다.

그런데 멀리에서 보니까 너무 이른 아침나절이라서 그런지 거리에 사람의 모습이 거의 보이지 않았다.

대무영이 지금 이대로 거리로 들어선다면 눈에 잘 띌 테고, 혹시 있을지도 모르는 승무단 고수들 눈에는 더 잘 뜨일 것이다.

그는 해란화를 업고 현이 한눈에 내려다보이는 근처의 야트막한 야산으로 올라가기 시작했다. 사람들의 왕래가 많아질 때까지 기다리려는 것이다.

두 손으로 해란화의 둔부를 받치고 오솔길을 쑥쑥 거침없이 올라갔다.

지금이 무척이나 힘겨운 상황이지만 그는 해란화를 구출했다는 사실에, 그리고 그녀가 자신의 등에 업혀서 착 달라붙어 있다는 것이 무엇보다도 흡족했다.

해란화는 대무영에게 업혀본 것이 처음이다. 더구나 지금처럼 오랫동안 업혀 있으니까 마치 자신과 대무영이 한 몸이 된 것 같은 기분이 들어서 너무 행복했다.

이윽고 적당한 장소에 이르러 대무영은 등에 업고 있던 해란화를 내려놓았다.

어제 난마를 죽이고 그녀를 등에 업은 채 줄곧 남쪽으로 달린 이후 처음 땅에 내려놓는 것이다. 물론 용변을 볼 때는 잠시 내려놓았었다.

그는 산언덕의 눈에 잘 띄지 않는 움푹한 곳에 낙엽과 풀을 푹신하게 깔고 그곳에 해란화를 편안하게 앉히고 자신은 그 옆에 앉았다.

그러고 나서 그녀를 쳐다보다가 깜짝 놀랐다. 그녀의 상의가 여기저기 찢어졌으며 맨살이 드러났는데 날카로운 것에 긁힌 상처가 몇 군데 있었다.

아까 잡목 숲이 우거진 산속을 헤치며 지나올 때 나뭇가지에 긁힌 것이 분명했다.

"이런… 아프지 않으냐?"

대무영이 어쩔 줄 모르고 당황해서 손을 뻗는데 해란화는 고개를 살래살래 가로저었다.

당신하고 함께 있는데 이까짓 상처 같은 것은 대수롭지 않다는 표정이고 몸짓이었다.

해란화는 머리카락이 헝클어지고 옷이 찢어졌으며 또한 초췌한 모습이지만 얼굴에는 더할 수 없는 기쁨과 행복한 표정이 가득했다.

천신만고 끝에 그녀를 다시 만나게 돼서 기쁘고 행복하기는 대무영도 마찬가지다.

그는 두 손을 뻗어 해란화의 뺨을 부드럽게 감쌌다. 그의 손 하나가 그녀의 얼굴보다 훨씬 커서 그녀의 얼굴은 두 손에

파묻혀 버렸다.

그는 그녀의 두 눈을 깊이 들여다보았다. 그녀는 크고 맑은 눈으로 그를 마주 바라보았다.

"너를 지켜주지 못해서 고생을 시켰구나."

안쓰러운 마음에 그가 중얼거리자 그녀는 희고 가느다란 손가락을 세워서 살며시 그의 입에 댔다.

대무영은 빙그레 미소 지었다.

"알았다. 그런 말 하지 않으마."

그토록 많은 고생을 했으면 피눈물을 흘리면서 원망을 할 법도 한데, 그녀는 외려 대무영이 그런 말을 하는 것마저도 만류했다.

대무영은 그녀가 벙어리가 돼서 말을 못한다는 사실이 가슴 아팠다.

태어날 때부터 선천적으로 벙어리였다면 모를까, 줄곧 말을 하던 사람이 일 년여 동안이나 할 말을 못하고 살았으니 얼마나 답답했겠는가.

그렇지만 적사파울이 무슨 수법을 썼는지 알지도 못하는데다 대무영은 의술이나 이런 일에는 문외한이라서 어떻게 해볼 재간이 없다.

대무영은 팔을 뻗어 해란화를 끌어당겨 품에 안고 산비탈에 비스듬히 기댔다.

해란화는 꼼지락거리면서 그의 품속으로 자꾸만 깊이 파고들었다.

그녀는 지금 이 순간 자신이 대무영하고 함께 있으며 그의 품에 안겨 있다는 사실이 꿈처럼 여겨졌다.

그래서 꿈이 아니라는 것을 확인하려고 자꾸만 그의 품으로 파고들었다.

# 第九十章

친구

사시(오전 10경)가 되자 거리에 제법 사람이 많아졌다.

대무영은 거리에서 외따로 떨어져 있는 집을 찾아가서 돈을 주고 남녀의 허름한 옷 두 벌을 구했다.

그 옷으로 갈아입은 후에 천지검은 벗은 옷으로 둘둘 싸서 어깨에 메고, 해란화는 모자를 깊이 눌러 써서 얼굴을 거의 가린 모습으로 함께 나란히 거리로 나서 행인들 속에 묻혀 천천히 걸었다.

두 사람의 옷차림은 보통 백성들의 그것이고 절세미모인 해란화는 모자를 써서 얼굴을 거의 가렸기 때문에 사람들의 시선을 끌지 않았다.

해란화는 대무영의 팔을 가슴에 꼭 끌어안은 채 그의 큰 걸음에 뒤처지지 않으려고 종종걸음을 했고, 그는 두리번거리면서 개방제자를 찾기에 여념이 없었다.

그렇게 두 사람은 현의 중심을 향해서 점점 더 깊숙이 들어갔다.

그때 대무영의 눈이 빛났다. 전방 십여 장 쯤의 어느 주루 앞에 한 명의 거지가 서 있는 것을 발견했다.

보통 거지들은 구부정하고 비루먹은 모습인데 저 거지는 남루한 옷을 입었으나 허우대가 좋고 꼿꼿한 모습이 개방제자가 틀림없을 것이라고 판단했다.

'찾았다.'

대무영은 개방제자라고 생각한 거지를 향해 걸음을 빨리해서 곧장 다가갔다.

스슥—

그런데 그때 몇 걸음 앞에서 세 사람이 불쑥 나타나 앞길을 막듯이 마주 다가왔다.

대무영은 본능적으로 위기를 느끼고 걸음을 멈추며 그들의 모습을 살폈다.

모두 건장한 체구이며 어깨에 검을 멘 경장고수였다. 승무단 고수들이 분명했다.

아차 싶은 생각에 재빨리 주위를 둘러보며 살피던 그는 미간을 좁혔다.

좌우와 뒤쪽에서도 경장고수들이 거리를 좁히면서 다가오고 있는 것이 보였다.

그들의 복장이나 몸놀림, 풍기는 기도로 볼 때 승무단 고수들이 분명했다.

대무영이 순간적으로 어떻게 할지 결정을 내리지 못하고 있는 사이에 승무단 고수의 수는 삼십여 명으로 불어났으며 어느새 둥근 원을 형성하여 대무영을 포위망 안에 가두어 버렸다.

주루 앞에 있던 거지는 한 걸음 늦게 그 광경을 보고는 포위망 안의 대무영을 발견했다. 그리고는 즉시 대무영에게 전음을 보냈다.

[기다리십시오. 분타주에게 연락하겠습니다.]

이 지역의 개방제자들은 대무영에 대해서 충분히 숙지를 하고 있었기 때문에 그를 보는 즉시 누군지 알아보았다.

대무영의 눈은 정확했다. 그는 개방제자가 분명했다. 전음을 마친 그는 급히 반대 방향으로 달려가더니 곧 인파 속으로 사라졌다.

이곳 분타의 개방제자들이 온다고 해도 대무영에게 별 도움은 되지 못할 것이다.

개방제자들이 어찌 천무천인의 문하제자들인 승무단 고수

와 대적할 수 있겠는가.

또한 이것은 천무천인의 명령에 의한 것이니 개방제자들이 나선다는 것은 천무천인을 적으로 삼는 것이나 다름이 없는 일이다.

대무영이 둘러보니 포위망 바깥에 멀찌감치 이십여 명이 대기하고 있는 모습이 보였다.

대무영이 도주할 것에 대비하여 미리 방비하고 있는 것이 분명했다.

그렇다면 승무단 고수는 오십여 명이다. 대무영은 이렇게 많은 승무단 고수와 싸워본 적이 없다.

슥······.

대무영이 해란화를 뒤쪽으로 향하게 하고 슬쩍 허리를 굽히자 그녀는 재빨리 등에 업혔다.

그녀는 두 팔을 대무영의 양쪽 겨드랑이 아래로 넣어서 가슴을 꼭 끌어안았다.

하지만 그의 가슴이 너무 넓어서 두 손끝이 닿지 않았다. 그리고 두 다리로는 그의 허리를 힘껏 조였다.

그렇게 함으로써 그녀 자신은 웬만해서는 그의 몸에서 떨어지지 않으니까 그에게 두 손을 자유롭게 사용해도 된다는 암시였다.

그렇지만 대무영은 왼손으로 그녀의 둔부를 받쳤다. 그녀의 의도를 짐작하지만 그럴 수는 없다. 만약의 사태에 대비해야만 한다.

만약 싸우는 도중에 그녀가 등에서 떨어지기라도 하는 날이면 천추의 한을 남기게 될 터이다.

그때 대무영 전면 삼 장 거리의 한 인물이 느릿한 동작으로 앞으로 두 걸음 나서서 우뚝 멈추더니 근엄한 표정으로 입을 열었다.

"너는 누구냐?"

"알 것 없다."

대무영은 승무단 고수들의 우두머리로 보이는 대략 사십오 세쯤 된 사각 얼굴 중년인의 질문을 묵살하고 오히려 질문을 했다.

"천무천인이 무엇 때문에 이 여자를 원하는 것이냐?"

"알 것 없다."

사각 얼굴 중년인은 방금 대무영이 한 말을 비웃음을 담아서 그대로 흉내 냈다.

대무영의 입술 끝이 싸늘하게 비틀렸다.

"강호에서 존경받는 늙은이가 여자나 납치하여 색을 밝히다니 부끄럽지도 않더냐?"

"이놈! 사부님을 모욕하다니 그것만으로도 너는 죽을죄를 지었다!"

사각 얼굴은 눈에서 불길을 뿜으며 대노했다.

"현재 네놈에겐 하나의 선택뿐이다! 업고 있는 여자를 넘겨주고 깨끗이 죽음을 받아라!"

대무영은 이들이 해란화를 포기하지 않을 것이며, 자신이 난마를 죽였기 때문에 거기에 대해서 복수하려는 것이라고 생각했다.

그는 죽으면 죽었지 해란화를 넘겨줄 의도가 없으나, 이들의 말은 그녀를 넘겨줘도 대무영을 죽이겠다는 뜻이다.

싸움은 불가피하지만 승무단 고수 오십여 명을 상대하는 것은 좋지 않다. 물론 겁나는 것이 아니라 싸우는 중에 해란화가 다칠까 봐 그러는 것이다.

그래서 우선 이곳을 벗어나기로 했다. 갑자기 신형을 날려서 전력으로 도주를 하면 짧은 시간 동안만은 이들의 시야에서 벗어날 수 있을 터이다.

사각 얼굴이 다시 위엄 있는 얼굴로 호통을 쳤다.

"순순히 죽음을 받으면 시신만은 온전하게 보존해 주려 했더니 네놈이……."

슈욱!

순간 대무영은 두 발로 힘껏 지면을 박차고 왼쪽 허공으로 쏜살같이 비스듬히 솟구쳤다.

승무단 고수들은 그가 도주할 것이라고 예상하여 만반의

대비를 하고 있었기 때문에 즉시 추격했다.

대무영은 한 호흡 만에 거리에서 십오륙 장 떨어진 지붕 위를 질풍처럼 내달리고 있다.

달리면서 힐끗 뒤돌아보니 승무단 고수들은 십여 장 뒤에서 맹렬하게 추격하고 있다.

탓—

대무영은 한 번 도약에 오륙 장씩 지붕에서 지붕으로 빠르게 쏘아가며 재빨리 주위를 살폈다. 어느 방향으로 도주해야 좋을지 가늠하는 것이다.

오른쪽으로 이십여 장 너머는 강이고 왼쪽은 거리이며 전방은 이백여 장쯤에 마을이 끝나는 지점이다.

강으로 갈 수는 없으며, 거리로 내려서면 행인들 때문에 도주가 어려워질 테고 또한 승무단 고수들이 거리에서도 추격을 하고 있다. 그렇다고 계속 직진하여 마을이 끝나면 초원으로 진입하게 된다.

세 방향 어느 곳도 여의치가 않다. 지금으로썬 초원을 선택할 수밖에 없는 상황이지만, 그쪽은 북쪽으로 왔던 길을 다시 되돌아가는 것이며 범의 아가리로 더욱 깊숙이 들어가는 꼴이다.

일단 초원으로 향하다가 방향을 틀어 다른 방향으로 도주할 수도 있다.

하지만 해란화를 업은 상태로는 추격을 떨치는 것이 쉽지 않을 것이다.

그러나 방법은 그것뿐이다. 지금은 발등의 불을 끄는 것이 순서다.

촤아아—

그런데 그때 대무영의 전방 삼 장 거리에서 일곱 개의 인영이 느닷없이 솟구쳐 올랐다.

"……!"

대무영은 승무단 고수들이 앞을 가로막는 것이라고 생각하여 순간적으로 멈칫했다.

그들 일곱 명의 고수는 손에 도검을 움켜쥐고 있는데, 순간 대무영은 그들 중에 낯익은 얼굴을 발견하고 움찔 가볍게 놀랐다.

어제 서주 거리에서 대무영과 부딪쳤다가 주저앉았던 짙은 눈썹의 사내와, 대무영이 난마를 죽이고 나서 은혜를 갚겠다며 이름을 물어봤던 우두머리, 즉 소매이십오혼이다. 즉, 이들은 소매전사들인 것이다.

그런데 이들이 어째서 갑자기 나타나 앞을 가로막는 것인지 대무영은 순간적으로 이해할 수가 없었다.

스웅—

어쨌든 대무영은 즉시 어깨의 천지검을 뽑으면서 싸울 준

비를 했다.

쏴악—

그런데 소매전사들이 대무영을 가운데 놔두고 양쪽으로 갈라져서 스쳐 지나는 것이 아닌가. 그것은 마치 계류 한가운데에 튀어나온 바위 때문에 물살이 양쪽으로 갈라지는 듯한 광경이다.

대무영이 흠칫하여 뒤돌아보니 소매전사들은 추격하고 있는 승무단 고수들을 향해 곧장 돌진해 가고 있었다.

'저들은……'

그렇다. 소매전사들이 승무단 고수들을 상대하여 대무영에게 활로를 열어주고 있는 것이다.

즉, 그들은 이런 식으로 어제 대무영에게 입은 은혜를 갚으려는 것이 분명했다.

그런 사실을 짐작하고 대무영은 가슴속으로 뜨거운 무엇인가가 흐르는 듯한 묘한 감정을 느꼈다.

그것은 그가 강호에 나와서 한 번도 느껴보지 못했던 강호인의 의리였다.

그는 여러 사람에게 은혜를 베풀었으나 돌아온 것은 없었고 오히려 원한만 쌓였었다.

그런데 지금 처음으로 강호의 끈끈한 의리를 접하고 가슴이 뭉클해졌다.

그러나 지체할 겨를이 없다. 즉시 도주하지 않으면 소매전사들의 의리를 망치게 될 것이다.

그는 다시 신형을 날려서 가던 방향으로 전력을 다해 쏘아갔다.

콰차차차창!

뒤쪽에서 무기끼리 부딪치는 요란한 소리가 터져 나왔다.

'고맙소.'

대무영은 내심 진심으로 고마움을 느끼며 만약 후일 소매곡을 도울 일이 있으면 서슴치 않으리라 마음먹었다.

[대협! 여깁니다!]

그가 소매전사들과 스쳐 지나 삼십여 장쯤 달리고 있을 때 갑자기 아래쪽에서 긴박한 전음이 들려왔다.

멈칫했던 그는 방금 지나친 곳을 되돌아가서 아래를 내려다보았다.

그곳은 골목의 안쪽인데 두 명의 장한이 나란히 서서 그를 올려다보고 있었다.

대무영은 그들이 누군지 알지 못했다. 하지만 방금 그들이 자신을 불렀을 것이라고 짐작했다.

그때 두 명 중 한 명이 빠른 어조로 전음을 보냈다.

[대협, 저희는 개방 영벽분타 제자입니다.]

그 말을 듣는 즉시 대무영은 그들 옆으로 날아 내렸다.

[번거로우시겠지만 이곳에 잠시 숨어 계십시오. 저희가 안전한 곳으로 모시겠습니다.]

개방제자 중 한 명이 옆에 놓여 있는 수레를 가리켰다. 수레에는 짚단이 수북하게 쌓였으며 중간에 구멍이 파였다. 개방제자가 가리킨 곳은 그 구멍이다.

그 안에 숨으면 짚단으로 막아서 이곳을 빠져나가겠다는 뜻인 것 같았다.

대무영으로선 체면을 차릴 때가 아니다. 이곳에서 무사히 빠져나갈 수만 있다면 짚단 속에 숨는 것만이 아니라 그보다 더한 일도 할 수 있다. 하지만 냉정히 생각해 봤을 때 해란화는 괜찮은데 자신까지 수레의 짚단 속에 숨는 것은 좋지 않을 것 같았다.

대무영은 해란화를 등에서 내려 수레 위 구멍 앞에 앉히고 타이르듯 말했다.

"여기에 숨어 있으면 이 사람들이 너를 내 동료들이 있는 곳까지 안내할 거야."

해란화의 얼굴에 두려움과 안타까움이 교차했다. 대무영과 또 이별을 해야 한다는 사실이 견딜 수가 없었다.

하지만 지금으로썬 이 방법뿐이라는 것을 알고 있다. 대무영이 선택한 길이라면 그것이 최선의 방법일 것이라고 굳게 믿었다.

대무영은 개방제자들에게 당부했다.

"이 사람을 유계구 포구까지 잘 보호해 주시오. 그곳에 가면 백당 형님이 계실 것이오."

두 명의 개방제자는 대무영이 구멍에 숨지 않을 것을 짐작하고 고개를 끄떡였다.

"알겠습니다."

대무영은 해란화의 머리를 쓰다듬으며 미소 지었다.

"늦어도 이틀 후면 만날 수 있을 게다."

해란화는 촉촉하게 젖은 눈망울로 그를 바라보았다. 꼭 돌아와야 한다고, 부디 무사하라고 그녀의 눈빛이 애절하게 말하고 있었다.

"부탁하오."

대무영은 개방제자들에게 말하고 즉시 위로 솟구쳤다가 조금 전에 왔던 방향을 향해 전력으로 내달렸다.

소매전사는 일곱 명에 불과하다. 그들로 오십여 명의 승무단 고수를 상대하는 것은 계란으로 바위를 치는 것이나 다름이 없다.

그것을 모를 리 없는 소매전사들이다. 그런데도 대무영을 도주시키려고 그들 일곱 개의 계란이 미친 듯이 바위를 향해 돌진한 것이다.

그렇게 하는 것이 은혜를 갚는 길이고 또한 강호의 신의를 지키는 길이기 때문이다.

원래 대무영이 아니었으면 난마에게 죽었을 목숨이므로 하루라도 더 살았다가 다시 대무영을 위해 바치는 것이 무에 아깝겠느냐고 생각하는 그들이다.

그렇다고 그들을 죽음의 구렁텅이에 내던져 놓고 혼자만 살겠다고 달아날 대무영이 아니다.

신의는 신의로, 의리는 의리로써 지키고 갚는 것이 장부의 도리라고 배웠다.

달려가면서 보니까 과연 예상했던 대로 소매전사들은 형편없는 열세에 처해 있었다.

잠깐 사이에 일곱 명 중에서 벌써 두 명이 피투성이가 되어 쓰러져 있었으며, 남은 다섯 명이 사생결단 악귀처럼 싸우고 있는 광경이다.

소매전사들은 아무도 도망가지 않았다. 대무영에게 잠시 시간을 벌어주고 나서 도망칠 수도 있는데, 그렇게 하지 않은 것이다.

대무영에게 더 많은 시간을, 충분히 멀리까지 도망칠 수 있는 시간을 벌어주기 위해서 그들은 사력을 다해서 싸우고 있었다.

그 증거로 그들은 일렬로 띄엄띄엄 늘어서서 지붕 전체를 가로막은 채 싸우고 있었다. 지나가려면 자신들을 죽이고 그

시체를 밟고 지나가라는 것이다.

더구나 싸우고 있는 소매전사 다섯 명 중에는 팔 하나가 없는 외팔이도 있다.

대무영의 기억에 의하면 그는 난마의 류에 마지막으로 팔 하나를 잃었던 소매전사다.

중상을 입은 그조차도 은혜를 갚겠다며 저기에서 악다구니를 써가며 싸우고 있는 것이다.

"으흥!"

그 광경을 본 대무영의 눈에서 불길이 화르르 뿜어지고 입에서 맹호의 포효가 새어 나왔다.

"이놈들아! 네놈들 상대는 나다!"

대무영은 벼락같이 외치면서 한가운데 서서 싸우는 소매전사 우두머리 소매이십오혼 머리 위를 날아 넘자마자 아래로 내려꽂히면서 무시무시한 짓뭉개기를 뿜어냈다.

쿠와아앗—

맹렬하게 그어 내린 천지검에서 번쩍! 하며 찬란한 청, 적의 광채가 뿜어지면서 부챗살처럼 확 펼쳐졌다.

꽈드등!

광채가 반경 삼 장 이내를 휩쓸면서 거대한 번개가 떨어진 것처럼 여러 채의 집 지붕이 폭삭 아래로 꺼져 버렸다.

그 한 방으로 삼 장 이내에 있던 이십여 명이 한꺼번에 몰살했다.

짓이겨졌는지 아니면 녹아버렸는지 알 수가 없다. 시체는 흔적조차 남아 있지 않았다. 청삼족오가 얼려서 부숴 버리고, 적삼족오가 태워 버린 것이다.

하늘에서 내려다보면 지름 삼 장 크기의 둥근 원의 형태로 지붕은 물론 집과 땅까지 지면 아래 일 장 깊이로 가라앉은 광경이다.

짓뭉개기를 발출하여 갑자기 기력이 뚝 떨어진 대무영은 아래로 내려꽂히면서 벼락치기를 전개하여 승무단 고수들을 마구잡이로 죽였다.

사실 이때는 그의 짓뭉개기의 엄청난 광경 때문에 소매전사들과 승무단 고수들 모두 싸움을 멈춘 채 넋 나간 표정으로 우두커니 서 있었다.

그러므로 대무영은 넋을 잃고 허수아비처럼 서 있는 승무단 고수들을 논에서 추수하듯이 베었다.

"끅!"

"캑!"

죽어가는 승무단 고수들은 비명도 마음대로 지르지 못했다. 순식간에 정수리가 쪼개지고 목이 잘라졌기 때문에 그저 답답한 신음만 내뱉었을 뿐이다.

그 소리에 소매전사들과 승무단 고수들은 화드득 정신을

차렸다.

그때는 이미 대무영 혼자 삼십여 명의 승무단 고수를 주살하고 난 후였다.

지붕에 있는 승무단 고수는 이제 겨우 두 명뿐이다. 그들은 짓뭉개기의 엄청난 광경에 이어서 대무영이 동료 십여 명을 썩뚝썩뚝 베고 자르는 것을 목격한 탓에 정신이 절반쯤 나가 있었다.

그런데 대무영이 자신들을 슥 쳐다보자 움찔 놀라 주춤거리며 뒤로 물러섰다.

그때 소매전사 다섯 명이 그들 둘에게 달려들며 도검을 휘둘렀다.

대무영은 짓뭉개기로 인한 기력손실이 서서히 회복되고 있기 때문에 묵묵히 서 있었다.

짓뭉개기를 한 번 전개하면 기력의 손실이 너무 컸다. 만약 짓뭉개기를 견뎌낼 수 있는 적과 싸운다면 대무영은 낭패를 면치 못할 것이다.

짓뭉개기의 파괴력이 가공한 이유는 아마도 한순간에 체내의 거의 모든 청, 적삼족오와 외공기를 쏟아내기 때문일 것이다.

소매전사들이 두 명의 승무단 고수를 죽일 때쯤 대무영은 기력을 거의 회복했다.

짓뭉개기는 기력손실이 큰 반면에 회복시간이 짧은 것이 그래도 다행한 일이다.

소매전사들이 대무영에게 모여드는데 조금 전에 대무영이 달려갔던 방향의 거리에서 이십여 명의 승무단 고수가 떼거리로 달려오고 있었다.

조금 전에 대무영을 쫓아 거리로 달려갔던 자들이 이쪽에 대무영이 나타난 것을 보고 돌아오는 것이다.

"어서 갑시다."

소매이십오혼이 대무영에게 서둘러 종용했다. 승무단 고수들이 오기 전에 자리를 뜨자는 것이다.

그러나 대무영은 이미 살심이 발동했기 때문에 나머지 승무단 고수들마저 남김없이 죽일 생각이다.

그는 피투성이가 되어 쓰러져 있는 소매전사 두 명을 쳐다보다가 안도의 표정을 지었다.

그들이 배와 가슴을 찔리고 베이긴 했으나 생명에는 지장이 없을 것처럼 보였기 때문이다.

소매이십오혼은 대무영이 다친 소매전사를 보면서 안도의 표정을 짓는 것을 보고 가슴이 뭉클했다.

또한 대무영이 겉보기와는 달리 내면은 따스한 사람이라는 것을 깨달았다.

"그들을 잘 돌봐주시오. 곧 돌아오겠소."

대무영은 그 한마디를 남기고 거리로 뛰어내렸다.

거리로 되돌아온 이십여 명은 아직 이곳의 상황을 잘 모르고 있는데, 대무영이 지붕에서 뛰어내려 곧장 자신들을 향해 돌진해 오자 도검을 뽑으며 마주쳐 나갔다.

대무영은 천지검을 치켜들고 흰 이를 드러내며 성난 맹호처럼 으르렁거렸다.

"하루살이 같은 놈들!"

승무단 고수들은 정말 하루살이들처럼 짓쳐왔으며, 대무영은 그들 한가운데를 부딪쳐 가면서 벼락치기를 전개했다.


대무영은 영벽현에 있는 승무단 고수를 모조리 죽였으나 해란화는 개방제자들에게 그대로 맡기고 자신은 혼자 남하하기로 마음먹었다.

승무단 고수들의 추적이 앞으로도 계속 이어질 테니 각자 따로 행동하는 것이 안전하기 때문이다.

영벽현 바깥 동쪽 초원의 입구에 대무영과 소매전사들이 모여 서 있다.

"가는 곳까지 우리가 호위하겠소."

소매이십오혼은 강직한 얼굴로 말했다. 난마를 죽이려다가 소매전사 절반 이상이 죽었으며, 또 조금 전 대무영을 돕는 과정에서 두 명의 부상자까지 생겼으면서도 끝까지 돕겠다는 것이다.

대무영은 훈훈한 마음이 들어 엷은 미소를 지었다.

"마음만 고맙게 받겠소."

소매이십오혼은 씁쓸한 표정을 지었다.

"은혜를 갚고자 했는데 오히려 폐를 끼친 꼴이 되고 말았소. 미안하오."

영벽현에서의 싸움을 두고 하는 말이다. 대무영의 탈출을 도우려고 했는데 외려 대무영 덕분에 살아났기 때문이다.

대무영은 결과를 두고 평가하는 사람이 아니다. 그는 상대의 마음, 즉 진심을 중요하게 여긴다.

"당신들은 내게 충분히 도움을 주었소. 덕분에 함께 있던 사람을 안전한 곳으로 보낼 수 있었소."

"그렇다면 조금쯤 위안이 되는구려."

대무영은 포권을 했다.

"이제 가야겠소."

"잠깐! 은공의 대명을 말씀해 주시오."

대무영은 소매전사들이 이미 은혜를 갚았다고 여겼는데 소매이십오혼은 여전히 그를 은공이라고 불렀다.

대무영은 예전에 소매곡과 좋지 않은 일이 있었으나 이 상황에 이르러서까지 구태여 자신의 신분을 숨길 필요는 없다고 생각했다.

"나는 대무영이오."

그가 이름을 말하는 순간 일곱 명의 소매전사 사이에 작은 소요가 일었다.

그들은 대무영의 별호가 단목검객이며 과거 소매십팔혼이 그를 암살하려다가 오히려 죽음을 당했다는 사실을 기억해 낸 것이다.

대무영은 이들이 그 일을 트집 잡으면 얼마든지 해명할 수 있다고 생각했다.

"단목검객이오?"

소매이십오혼이 확인하듯 진지하게 물었다.

"그렇소."

그 당시에 대무영은 소매십팔혼을 죽인 것만으로 끝나지 않았었다.

그자의 정체가 무당파 장문인 무학자의 둘째제자라는 사실을 알고 직접 무당파로 찾아가서 셋째제자 현풍마저도 소매곡에 포섭됐다는 사실을 밝혀냄으로써, 소매곡이 무당파에 침투하려는 음모를 분쇄시켰었다.

"귀하는 철심도 진명곤에게 죽은 줄 아는데?"

"그랬었지만 천행으로 소생했소."

소매이십오혼은 고개를 끄떡였다.

"진명곤은 우리에게 죽었소. 그가 지니고 있던 군주증패가

귀하 것이었소?"

대무영은 씁쓸한 표정을 지었다. 적사파울에게 거금을 주고 군주중패를 사기 위해서 대무영을 위험에 빠지게 만들었던 진명곤은 결국 그 군주중패 때문에 소매곡에 죽음을 당했으니 묘한 모순이라는 생각이 들었다.

"그럴 것이오."

소매이십오혼은 계속 물었다.

"귀하는 현재 쟁천십이류요?"

대무영에게 관심이 많기 때문이고, 지금도 그가 적인지 알아보려는 것이다.

대무영은 고개를 가로저었다.

"나는 그런 것에는 관심이 없소."

"그 말은 귀하가 쟁천십이류가 아니라는 뜻이오?"

"그렇소."

비로소 소매이십오혼과 다른 소매전사들 얼굴에 안도의 표정과 엷은 미소가 번졌다.

"그렇다면 귀하는 우리와 친구가 될 수 있소."

"친구?"

소매이십오혼은 자신의 생각만 일방적으로 말했다는 생각이 들어 조심스러운 표정을 지었다.

"우리와 친구가 되고 싶지 않소?"

대무영은 잠시 침묵을 지키며 소매전사 일곱 명을 찬찬히 둘러보았다.

그와 부딪쳤던 짙은 눈썹의 사내와 한쪽 팔을 잃은 사내, 그리고 아까 영벽현에서 상처를 입은 두 사내 등은 기대 어린 긴장된 표정으로 그를 주시했다.

이윽고 대무영은 보일 듯 말 듯 엷은 미소를 지었다.

"당신들이라면 기꺼이 친구가 되고 싶소."

"고맙소."

소매이십오혼을 비롯한 소매전사들은 환하게 웃으면서 안도의 표정을 지었다.

"나는 소매이십오혼, 아니, 평락(平珞)이오."

소매이십오혼은 정식으로 포권을 하며 자기소개를 했다. 이어서 다른 소매전사들도 앞다투어 자신은 소매 몇 혼이며 이름은 아무개라고 소개를 했다.

대무영은 두루 포권을 했다.

"당신들의 이름을 가슴에 새겨두겠소. 이후 좋은 자리에서 만나면 편하게 술이나 한잔합시다."

일곱 명의 소매전사는 떠나려는 대무영에게 일제히 포권을 했다.

"친구! 보중하시오!"

# 第九十一章
## 대지를 핏물로 덮으며

유계구 포구.

어느 거대한 한 척의 배 앞에 평범한 마차가 멈추었다.

마부석의 두 장한이 뛰어내려 마차 문을 열자 곱게 치마를
입고 면사로 얼굴을 가린 여자가 내렸다.

배의 갑판 난간가에는 북설과 도해, 이반, 주고후, 진복, 그
리고 월영 등이 초조한 표정으로 누군가를 기다리고 있다가
마차에서 여자가 내리는 것을 보고 모두의 얼굴에 반가운 표
정이 가득 떠올랐다.

"난화… 읍!"

북설이 반가워서 소리치려는데 옆에 서 있던 진복이 재빨리 그녀의 입을 막았다.

"조용해야 하는 것을 잊었느냐?"

진복이 손을 떼며 상기시켜 주자 북설은 침을 퉤퉤 뱉으며 얼굴을 찌푸렸다.

"어디다가 지저분한 손을……."

그리고는 나무 계단을 나는 듯이 달려 내려가고 모두들 그 뒤를 따랐다.

면사녀는 나무 계단을 달려 내려온 북설 등이 자신을 향해 구르듯이 달려오는 것을 보고 걸음을 멈추었다.

제일 먼저 달려온 북설이 면사녀 앞에 멈춰서 떨리는 목소리로 나직이 말했다.

"난화냐?"

면사녀가 면사를 살포시 들추자 아름다운 해란화의 모습이 나타났다.

척!

북설은 얼굴이 붉게 상기되고 눈이 촉촉하게 젖어서 두 손으로 해란화의 어깨를 잡았다.

"고생 많았다."

그리고는 그녀를 와락 품에 끌어안았다.

그 말뿐이었지만 백만 마디의 의미가 해란화에게 전달되

어 그녀는 북설 가슴에 얼굴을 묻고 가늘게 몸을 떨면서 나직이 흐느꼈다.

그 흐느낌과 떨림이 전해지자 북설은 그녀가 그동안 얼마나 무서웠고 외로웠는지 설명을 듣지 않아도 알 수 있을 것 같았다.

"잘 왔어. 이제 그런 일은 다시는 없을 거야."

북설은 어린 동생을 대하듯 해란화의 등을 쓰다듬으면서 그녀 자신도 굵은 눈물을 뚝뚝 흘렸다.


배의 선실에는 대무영의 측근들이 모두 모여 있으며, 해란화를 여기까지 호위해 온 두 명의 장한, 즉 개방제자들이 그간의 경과를 설명하고 있다.

두 명의 개방제자는 개방 영벽분타 분타주와 부분타주로 영벽현 골목 안에 짚단이 실린 수레를 대기하고 있다가 대무영을 직접 만났던 사람들이다.

그리고 이후 그들은 해란화를 호위하여 무사히 이곳까지 온 것이다.

"삼천성이 대체 무엇 때문에……."

영벽분타주의 설명을 다 듣고 난 백당은 이해하기 어렵다는 표정으로 고개를 갸웃거렸다.

영벽분타주는 자신이 본 그대로를 자세하게 설명했다. 즉,

천무천인의 명령을 받은 승무단 고수들이 해란화를 데리고
간 대무영을 죽이고 그녀를 되찾으려 하는 것 때문에 안휘성
북부지역에서 때 아닌 치열한 추격전이 벌어지고 있다는 것
이다.

또한 그로 인해서 대무영은 현재까지 승무단 고수 이백여
명을 죽였다고 한다.

개방 영벽분타주는 이곳까지 오는 동안에도 개방의 정보
를 수시로 입수했기에 상황을 잘 알고 있었다.

승무단 고수들이 대무영을 죽이려는 이유는 이해할 수 있
다. 대무영이 천무천인의 충복인 생사혈륜 난마를 죽였기 때
문일 것이다.

그렇지만 천무천인쯤 되는 위대한 인물이 무엇 때문에 해
란화를 수중에 넣으려고 하는지는 짐작조차 할 수가 없는 일
이다.

백당이 북설 옆에 다소곳이 앉아 있는 해란화를 쳐다보며
넌지시 요구했다.

"그럼 제수씨가 알고 있는 것에 대해서 설명해 주시오."

'제수씨' 라는 말에 해란화는 어리둥절했다. 그러자 북설
이 백당을 가리키며 설명했다.

"조장이 저 사람을 의형으로 모셨거든."

'아……'

북설은 백당에게 앙금이 깔려 있어서 그를 보는 시선이나 말버릇이 곱지 않았다.

실내의 사람들은 띄엄띄엄 흩어져 있는데, 해란화와 북설, 월영, 주고후, 이반은 예전부터 잘 알고 지내던 터라 한데 모여서 앉아 있었다.

그리고 해란화를 전혀 모르는 도해와 진복은 조금 떨어진 곳에 머쓱하게 서 있고, 백당은 혼자 따로 떨어져서 벽을 등지고 의자에 앉았으며, 두 명의 개방제자는 문가에 나란히 서 있었다.

해란화는 급히 자리에서 일어나 백당의 앞쪽 넓은 곳으로 나아갔다.

이어서 그녀는 백당에게 공손히 허리를 굽혔다. 아니, 굽히려던 허리가 저절로 펴졌다. 백당이 무형지기를 발출하여 해란화를 제지한 것이다.

해란화는 당황하여 어쩔 줄 모르는데 백당은 근엄한 표정으로 주의를 주었다.

"내게 절하지 마시오."

해란화는 자신이 뭔가 실수를 했다는 생각에 더욱 당황하여 허둥거렸다.

그때 이곳에서 백당의 유일한 천적임을 자처하는 북설이 나서 그를 꾸중했다.

"나이는 헛먹었어? 천하제일미녀인 난화 같은 여자에게는 미소를 지으면서 부드럽게 대해야 한다는 걸 몰라?"

백당의 미간이 슬쩍 찌푸려지는 것을 보고 다들 바짝 긴장했지만 북설을 말릴 수 있는 사람은 아무도 없다. 그녀의 꾸중은 신랄하게 계속됐다.

"더구나 난화는 조장이 가장 아끼고 사랑하는 여자야. 그런데 그렇게 겁을 줬다가 나중에 어떻게 조장의 얼굴을 대하려고 그래?"

대무영이 있었으면 의형에게 말버릇이 고약하다고 혼찌검이 났을 텐데, 그가 없다고 살판이 난 북설이다.

'설 언니…….'

말을 할 수 없는 해란화는 당황하여 북설을 바라보며 그러지 말라는 표정을 지었으나 북설은 이미 시위를 떠난 화살처럼 멈출 줄 몰랐다.

"다시 해봐. 이번에는 부드럽게 미소를 지으면서 난화가 겁먹지 않게 말이야."

백당이 굳은 얼굴로 자신을 주시하자 북설은 발끈해서 벌떡 일어나며 두 손을 허리에 얹었다.

"노려보면 어쩔 건데?"

"음!"

한낱 여자를 상대로 싸울 수도 없는 백당은 자리에서 일어나더니 그 길로 선실 밖으로 횡하니 나가 버렸다.

그러자 원성의 화살이 북설에게 쏟아졌다.

"북설, 저분은 주군의 의형이시다. 너무 무례하구나."

진복이 포문을 열었다.

"클클… 설아, 그러다 개죽음 당한다, 너. 저분이 금마절도라는 사실을 잊었느냐?"

주고후가 이죽거렸으며 이반이 뒤를 이었다.

"쟁천십이류 절대인 저분이 설 누님이 무서워서 그냥 밖으로 나가셨겠어요?"

도해는 북설의 등을 떠밀기까지 했다.

"어서 모시고 들어와요."

북설은 비난의 화살이 집중되자 그제야 자신이 좀 심했던 것 같다고 조금 반성하는 마음이 들었다.

그때 문이 열리고 백당이 들어서자 북설은 방금 전의 반성하는 마음은 어디로 사라지고 빽 소리쳤다.

"어디 갔다가 온 거야?"

"바람 좀 쐬고 왔다."

그런데 백당은 옹색하게 대답을 하고는 헛기침을 하며 해란화 앞에 마주 섰다.

모두들 백당의 얼굴을 쳐다보다가 웃음이 터지려는 것을 간신히 참았다.

도해는 급히 손으로 입을 막았고, 이반은 입술을 깨무는데 모두들 웃음을 참느라 얼굴이 빨개졌다.

해란화 앞에 서 있는 백당의 얼굴은 묘하게 일그러져서 웃는 것인지 우는 것인지 모를 정도다.

하지만 그 표정이 지금 그가 최대한 얼굴을 부드럽게 하려고 노력하는 모습이라는 것을 다들 잘 알고 있기에 웃음이 터져 나오려고 했던 것이다.

"제수씨, 나는 무영의 의형이니까 어렵게 대하지 마시오."

해란화는 깜짝 놀랐으나 공손히 고개를 숙였다. 그녀는 백당이 보여준 행동으로 그가 겉모습은 딱딱하지만 속은 부드럽다는 사실을 알게 되었다.

자그마한 소란 끝에 해란화와 백당은 서로 인사를 했다.

이어서 해란화는 자신이 합비의 기루에 있었다는 것과 그곳에서 일어났던 일을 자세히 설명했다. 말을 할 수 없기 때문에 글로 써서 설명을 한 것이다.

어렵사리 그녀의 설명이 끝나자 모두들 심각한 표정이 되었다.

문제는 승화 왕자가 '태제'라고 부르면서 떠받들던 청년이 첫눈에 해란화를 마음에 들어 해서 그녀를 기루에서 데리고 나간 것인데, 그 청년이 대체 누구기에 천무천인이 저 난리라는 말인가, 라는 것이다.

백당이 처음으로 말문을 열었다.

"이제부터 하나씩 차근차근 풀어나가 보자. 제일 먼저 승화 왕자가 태제라고 부를 수 있는 사람은 천하에 오직 한 사람뿐이라는 사실에 주목하자."

"그게 누구지?"

이들 중에서 백당을 전혀 무서워하지 않고 오히려 만만하게 보는 북설이 물었다.

"태자(太子)다."

"태자?"

다들 크게 놀라는 표정을 지었다가 곧 말도 되지 않는다는 표정으로 변했다.

백당의 추측에 의하면 태자가 해란화를 마음에 들어 해서 데리고 가려 했다는 뜻이 되기 때문이다.

"설마 대명의 태자라는 말입니까?"

이반이 용기를 내서 물었다.

"그렇다. 안휘성 합비의 제후인 성락왕의 아들 승화 왕자가 태제라고 부를 사람은 대명의 황태자뿐이다."

박식한 백당은 고개를 끄떡이고 나서 잠시 생각에 잠겼다가 다시 말했다.

"이렇게 된 것 같다."

다들 긴장한 표정으로 귀를 기울였다.

"천무천인에게는 세 명의 제자가 있는데 첫째와 둘째가 무일쌍절이고 셋째가 대명의 영화 공주다."

그런 사실은 백당을 제외하고는 다들 처음 듣는 일이다.

"그렇다면……."

"태자, 즉 천화 태자(天華太子)는 영화 공주의 오라비다. 천화 태자가 제수씨를 마음에 들어 해서 기루에서 데리고 나갔다가 납치를 당했으니 천무천인으로서는 가만히 있을 수 없었을 것이다. 더구나 자신의 거처인 천성관하고 가까운 지역에서 일어난 일이다."

백당은 평소 하루 종일 한마디도 하지 않을 정도로 과묵하지만, 이런 상황에서는 말을 아끼지 않았다. 마치 박식한 학사가 제자들에게 강론을 하는 것 같았다.

북설이 이해했다는 듯 옆에 앉은 해란화의 어깨에 손을 얹으며 고개를 끄떡였다.

"그러니까 조장이 자기 여자인 난화를 되찾아 간 것을 그쪽에서는 납치당했다고 오해를 했다는 거지?"

"그럴 가능성이 크다 천무천인은 자신의 영역 내에서 천화 태자의 여자가 납치당한 사건을 결코 좌시할 수 없었을 테지. 더구나 상대가 천화 태자이니까 말이다."

"흥! 웃기고 지랄하네. 난화가 조장의 여자지 어째서 태자의 여자야?"

북설은 거침없이 코웃음 쳤다.

"그쪽에선 그걸 모르니까 이런 일이 벌어진 게지."

북설이 손바닥으로 탁자를 쳤다.

"그럼 간단하군. 태자라는 놈을 만나서 자초지종을 설명하면 되잖아. 아니면 영화 공주인지 나발인지 하는 계집애를 만나든지 말이야."

북설은 자기가 나서기라도 할 듯 백당에게 물었다.

"태자하고 공주라는 것들 어디 가면 만날 수 있어? 걔들 이름이 뭐야?"

백당은 느긋하게 대답했다.

"태자는 그다지 유명하지 않지만 영화 공주는 강호에서도 꽤 유명하니까 너희도 들어본 적이 있을 것이다."

"글쎄 뭐냐니까?"

"옥봉검신 우지화다."

"뭐, 뭐야?"

북설의 얼굴에 놀라면서도 어이없는 표정이 가득 떠올랐다.

"그게 정말이야? 영화 공주가 옥봉검신 우지화, 아니, 주지화가 분명해?"

여기에서 주지화를 직접 보고 그녀에게 된통 당하기도 했으며 함께 생활했던 사람은 북설뿐이다.

"그렇다."

"그럼 주지화의 오빠라는 작자는 주도현이겠네? 추풍신룡 주도현."

백당뿐만 아니라 모두들 놀라는 표정을 지으며 북설을 쳐다보았다.

"그걸 네가 어찌 아느냐?"

북설은 대답 대신 얼굴을 있는 대로 일그러뜨리면서 손으로 탁자를 치며 내뱉었다.

"이런 빌어먹을… 일이 꼬여도 더럽게 꼬였군."

이반과 주고후는 가끔 대무영과 북설이 나누던 대화 중에서 어떤 대목을 기억해 내고 어이없는 표정을 지었다.

"설마… 그 주도현하고 주지화야?"

"설 누님, 주도현은 주군의 친구이고, 주지화는 주군의 여자가 아닙니까?"

딱!

"앗!"

북설이 주먹으로 이반의 머리를 갈기며 화를 냈다.

"누가 조장의 여자야? 주지화 혼자서 조장만 보면 껌뻑 넘어간 거지, 조장은 그런 년 관심도 없어!"

그녀는 주먹을 허공에 휘둘러댔다.

"나는 처음부터 주지화가 마음에 들지 않았어. 생긴 것은 여우가 둔갑한 것처럼 예뻐 갖고 조장에게 찰싹 달라붙어서 온갖 아양과 교태를 다 떨고⋯⋯."

주지화에 대해서 모르는 중인은 해란화와 더불어서 천하 이미라고 불리는 옥봉검신이 대무영의 마음에 들려고 갖은 짓을 다 했다는 사실에 혀를 내둘렀다.

백당도 적잖이 놀라서 한동안 말을 잇지 못했다. 자신의 의제 대무영이 대명의 천화 태자와 친구이고 영화 공주하고는 연인이라고도 할 수 있는 관계라는데 놀라지 않을 재간이 없다.

북설은 개방 영벽분타주를 쳐다보며 물었다.

"분타주, 지금 조장은 어디에서 뭐하고 있소?"

남자처럼 거침없는 말투다.

분타주는 이곳에서 북설만이 대무영을 '조장'이라고 부른다는 사실을 알고 있던 터라 즉시 대답했다.

"마지막, 그러니까 한나절 전에 받은 보고에 의하면 그분은 현재 오하현 근처의 초원에 고립되어 승무단 고수들의 추격을 받고 있다고 합니다."

"오하현이 어디요?"

"안휘성 동북쪽이며 회하가 홍택호로 흘러드는 서쪽 지점입니다."

"이런 니미럴! 조장은 아직도 그렇게 멀리에서 개고생을 하고 있는 거야?"

북설은 해란화가 대무영의 걱정 때문에 갑자기 몸을 떨면서 비 오듯이 눈물을 흘리며 흐느끼는 것을 보고 가슴이 찢어질 것만 같았다.

"이걸 어떻게 한다… 아아! 정말 미치겠구나."

북설은 일어나서 실내를 오락가락하며 끙끙거렸다.

대무영을 구해오거나 도우러 갈 수는 없다. 천방지축인 북설이 생각해도 그것은 일을 더 크게 벌이는 것이고, 그래 봐야 대무영에게 도움이 되지 못한다.

상대는 천무천인, 즉 천하제일인이다. 다시 말해서 천하를 상대를 싸워야 하는 것이다.

그때 도해가 혼잣말처럼 중얼거렸다.

"아까 주도현이나 주지화를 만나서 사실대로 말해주면 되는 거라고 말하지 않았나요?"

"그랬었지!"

짝!

"악!"

북설은 귀가 번쩍 뜨여 도해의 등짝을 세차게 때렸다. 그녀는 조금 전에 자기가 그런 말을 해놓고서도 상황이 너무 긴박해서 잠시 잊고 있었다.

그녀는 개방 영벽분타주에게 급히 물었다.

"주도현이나 주지화가 어디에 있는지 찾아낼 수 있소?"

"가능합니다."

"당장 찾아주시오!"

영벽분타주는 즉시 한 장의 서찰을 작성하여 지니고 다니는 전서구에 매달아서 허공에 날려 보냈다.

백당이 몸을 추슬렀다.

"내가 가겠다."

북설이 눈을 하얗게 뜨며 구박했다.

"당신은 여길 지켜야지!"

이반이 의아한 표정으로 물었다.

"그럼 설 누님이 직접 가실 거요?"

북설은 손바닥으로 제 가슴을 쳤다.

"그럼! 내가 주도현이나 주지화를 아니까 그들을 만나기만 하면 얘긴 끝이라구!"

\*　　\*　　\*

"헉헉헉……."

자정이 넘은 시각. 이름을 알 수 없는 어느 강가의 완만한 구릉에서 대무영은 오른손의 천지검을 늘어뜨린 채 온몸을 들썩이면서 거친 숨을 몰아쉬고 있다.

그의 온몸은 피범벅이다 못해서 아예 몸에서 핏물이 줄줄 흘러내리고 있다.

물론 그가 지금까지 죽인 적들의 피다. 적을 죽일 때 뿜어낸 피가 그의 몸과 옷에 묻었다가 온몸을 적시고 흘러내리는 것이다.

야트막하고 길게 뻗은 구릉과 강가의 백사장에는 수많은 시체가 핏물 속에 쓰러져 있다.

또한 얕은 강에도 시체들이 물에 잠겨 있거나 둥둥 떠내려가고 있는, 그야말로 지옥도 같은 끔찍한 광경이다. 또한 역한 피비린내가 진동했다.

도대체 얼마나 많은 적을 죽였는지 모른다. 수를 세어보지도 않았으나 대충 이삼백 명은 되는 것 같다.

그러나 죽은 자들은 승무단 고수가 아니다. 모두 똑같은 복장을 했으며 머리에 독특한 모자를 쓴 것으로 미루어 어느 방파의 고수나 무사들인 듯하다.

승무단이 이 지역의 방, 문파들을 강제로 동원한 것이 분명하다. 그것은 굳이 천무천인의 이름을 빌릴 것도 없이 각 지역을 지배하고 있는 승무단의 위세만으로도 충분히 가능할 터이다.

대무영은 유계구가 있는 남쪽으로 가야 하는데 적들에 가로막혀서 본의 아니게 동쪽으로 가고 있다.

적들이 그의 목적지가 어딘지 알고 있기 때문은 아닐 것이다. 그가 자꾸 남쪽으로 가니까 그것을 저지하려는 의도일 것이다.

또한 그렇게 해서 천무천인의 세력권 내에서 벗어나지 못하게 하려는 작전인 것 같다.

그는 영벽현에서 해란화와 헤어진 이후 지금까지 사흘 동안 한숨도 잠을 자지 못했다.

남쪽으로 방향을 잡아 가다 보면 채 십 리도 가지 못해서 적들에 가로막혀 싸우거나 아니면 도주할 수밖에 없는 상황이 연속적으로 이어졌다.

북쪽으로는 가지 않으려 하기 때문에 동쪽으로 도주해야만 하는 상황이다.

영벽현에서 해란화와 헤어진 이후 사흘 동안 동남쪽으로 기껏 백오십여 리쯤 온 것 같다.

그동안 열 차례인가 열한 차례 싸움을 벌였으며, 그가 죽인 적의 수만 천여 명이다.

그전에 죽인 승무단 고수들까지 합치면 무려 천이백여 명에 이른다.

죽은 자 대다수는 자신이 무엇 때문에, 그리고 왜 죽어야 하는지도 모른 채 죽어갔을 것이다.

부질없는 싸움이고 허무한 죽음이다. 대무영을 죽이고 해란화를 빼앗기 위해서 도대체 얼마나 많은 생명을 희생시켜야 한다는 말인가.

"헉헉헉……."

대무영은 헐떡이면서 격렬한 분노가 치밀어 올랐다. 기루에서 해란화를 데리고 갔던 주현이라는 자에게, 그리고 단 몇마디 명령으로 상관도 없는 수많은 사람을 동원하여 죽음으로 몰아넣고 있는 승무단 고수들과 그들의 사부인 천무천인에게 참을 수 없는 울분이 솟구쳤다.

여기에 죽어 있는 수많은 시체 각자는 이곳에 오기 전까지는 다들 이루고 싶은 꿈이 있었을 것이다.

어떤 꿈은 소박하고, 또 어떤 꿈은 원대했을 것이다. 그러나 이들은 다시는 그 꿈을 가슴에 품을 수도, 이룰 수도 없는 신세가 되었다.

또한 이들은 누군가의 소중한 아들이고 사랑스러운 남편이며 자랑스러운 아버지였을 것이다. 하지만 이제 이들은 한낱 숨이 끊어진 시체일 뿐이다.

오래지 않아서 썩을 것이고, 그전에 들개 떼와 까마귀들의 먹이가 될 것이다.

"헉헉헉… 죽일 놈들……."

피를 뒤집어쓴 대무영의 얼굴에서 두 눈이 시퍼런 살기로 번뜩였다. 사람은 극에 달하면 분노가 더 크게 작용하는 법이다.

그도 인간인지라 사흘 동안 한숨도 못 자고 열 차례가 넘는 싸움을 치르면서 천여 명을 죽였기에 기력이 쇠잔할 대로 쇠잔해졌다.

이윽고 호흡이 조금 진정되자 그는 천근같은 걸음걸이를 옮겨 강 언덕 위로 올라갔다.

그곳에도 백여 구가 넘는 처참한 시체가 여기저기에 널브러져 있었다.

싸움은 처음 이곳에서 시작되어 강가 백사장으로 이어졌다가 언덕 중간에서 끝났다.

어쨌든 열 번째인가 열한 번째의 싸움은 끝났다. 이제 어디로 가야 할지 진로를 정해야 한다.

남쪽으로 가야 하지만 진로가 막혀 있을 것이다. 그러니까 무슨 수를 내야만 한다.

동쪽이나 동남쪽으로 갔다가 크게 우회해서 남쪽으로 가는 것도 하나의 방법이다.

"후우……."

그는 허리를 쭉 펴면서 멀리 사방을 둘러보며 어떻게 할까 생각했다.

"……!"

그러다가 무엇인가를 발견했다. 초원 저 멀리에서 작고 검은 점들이 꼼지락거리는 것이 보였다. 밤이지만 그에게는 대낮이나 다름이 없다.

처음에는 몇 개뿐인 줄 알았는데 점점 늘어나더니 초원 끝을 완전히 뒤덮었다.

아니, 그 상태에서 이쪽으로 조금씩 스멀거리면서 다가오고 있었다. 그것은 마치 밤바다가 밀물이 되어 밀려들어 오는 것 같은 광경이었다.

꾸물거리는 것 같지만 실상 빠른 속도로 다가오고 있다. 어둠 속에서 다가오고 있는 점들은 사람이다. 족히 사오백 명은 되는 듯했다.

그러나 멀리에서 봐도 승무단은 아니다. 승무단 고수들은 한눈에 알 수 있다.

또 이 일과는 전혀 상관이 없는 어느 방파의 고수와 무사들일 것이다.

일의 전말도 모르고 이유도 알지 못한 채 늦은 밤 초원의 포말이 되어 밀려들고 있었다.

그들을 발견한 대무영은 기가 막힌다는 표정을 지었다가 곧 분노가 치밀었다.

주현과 천무천인을 향한 분노다. 그리고는 마지막으로 착잡한 심정에 사로잡혔다.

저기 초원에서 점점 다가오고 있는 사오백 명하고 또 싸워야 한다는 현실에 부닥친 것이다.

'피해야 한다.'

그는 부질없는 싸움을 피하기 위해서 천지검을 검실에 꽂으면서 몸을 돌려 언덕 아래 강으로 향했다. 피할 수 있는 싸움을 일부러 마주쳐서 싸울 필요는 없다.

천무천인이나 주현이라면 얼마든지 싸워주겠지만 이들은 단지 소모품일 뿐이다.

지금 저들과 맞서 싸운다면 기력이 쇠잔한 대무영이지만 다 죽일 수도 있을 것이다.

적들이, 아니, 어느 방파에서 동원됐는지 모를 몰이꾼들이 상대적으로 약하기 때문이다.

아니면 싸우는 도중에 대무영의 기력이 완전히 고갈되어 쓰러져 버릴 수도 있다.

그의 몸이 도검불침이라지만 그런 상태가 되면 죽음의 문턱에 한 발을 걸쳤다고 할 수 있다.

이랬거나 저랬거나 저들과의 싸움은 백해무익하므로 피하는 게 상책이다.

퍽… 데구르르…….

제대로 걸을 힘조차 없는 그는 언덕에서 넘어져 백사장까지 데굴데굴 굴러 내려왔다.

그리고는 다시 일어나 강으로 비틀비틀 걸어갔다. 강을 건널 생각이다. 지금으로썬 싸움을 피할 수 있는 길은 그 방법뿐이다.

강폭은 대략 삼십여 장으로 넓지 않았으며, 잔잔히 흘렀다. 대무영은 강을 건너 안전한 장소를 찾아 숨어서 기력을 회복해야겠다고 마음먹었다.

첨벙… 첨벙…….

그는 엎어질 듯이 강으로 걸어 들어갔다. 얕은 강에 떠 있는 시체들이 거치적거려서 몇 번인가 넘어질 뻔했으나 어렵사리 깊은 곳까지 도달했다.

그곳에서부터는 헤엄을 쳐야만 했다. 그러나 그는 중요한 사실을 잊고 있었다. 기력이 쇠잔해서 헤엄을 칠 힘조차 남아 있지 않다는 것이다.

"읍…….."

헤엄을 치려고 손발을 움직이려는 것은 마음뿐이고 그는 곧 물속으로 잠겨들었다.

부그르르…….

그리 깊지 않은 물속으로 가라앉으면서 그는 다급히 손발을 저으려다가 그만두었다.

목에 걸고 있는 목걸이 어천 덕분에 그의 주위로는 물이 범접하지 못하는 것을 깨달았기 때문이다.

그의 몸을 중심으로 한 자 거리를 두고 물이 침범하지 않은 채 그는 바닥에 가라앉지도 수면으로 떠오르지도 않은 중간 층에서 강물을 따라 느리게 흘러 내려갔다.

# 第九十二章

슬픈 오해

대무영은 강을 떠내려가고 있는 동안 충분히 쉬고 기력을 회복했다.

그가 깨어났을 때는 해가 중천에 떠 있는 대낮이며 강의 유속이 매우 느렸다.

그는 강물 속 바닥에 내려선 다음에 천천히 강가로 걸어 나갔다.

잔잔한 강물 속에서 한 사람이 걸어 나오는 광경을 누군가 봤다면 기절초풍했을 것이다.

강가에서 옷을 훌훌 벗고 얼굴과 몸을 깨끗이 씻고 옷도 빨아서 젖은 채 그냥 입었다.

이어서 강둑으로 올라가 한차례 주위를 둘러보니 풍경이
변해 있었다.

초원은 여전한데 방금 그가 나온 강이 거대한 호수로 흘러
들고 있으며, 저 멀리 호숫가에 그리 크지 않은 자그마한 어
촌 마을이 자리를 잡고 있었다.

마을의 집에서 연기가 모락모락 피어오르는 것을 본 그는
문득 지독한 허기를 느꼈다.


어촌의 인심은 좋았다.

대무영이 마을에서 뚝 떨어진 집을 선택해서 찾아가 식사
를 할 수 있겠느냐고 물었더니 아낙네는 서둘러 밥을 짓고 요
리를 해서 상을 차려주었다.

대무영은 염치불구하고 밥을 다섯 그릇이나 뚝딱 해치우
고 나서야 젓가락을 내려놓았다.

아낙네는 추운 겨울에 젖은 옷을 입고 있는 그를 보고 고기
잡이 나간 남편의 옷을 한 벌 찾아서 내놓았다.

그는 돈을 받지 않겠다는 아낙네 손에 억지로 은자 닷 냥을
쥐어주고 그 집을 나섰다.

배불리 밥을 먹고 평범하지만 깨끗하게 빨아놓은 옷까지
한 벌 얻어서 입은 그는 지금까지의 음울했던 기분이 조금쯤

나아졌다.

따뜻한 밥을 해준 아낙네는 그가 사람을 천여 명이나 죽인 살인마라는 사실을 까맣게 모를 것이다.

그는 조금 전에 보았던 어촌 마을 옆의 호수가 홍택호 서남쪽 끝에 거의 붙어 있는 안산호(安山湖)라는 것과 이곳에서 동남쪽으로 이백여 리쯤 가면 장강이 나온다는 사실을 아낙네에게 들었다.

처음 있던 곳에서 동쪽으로 많이 오긴 했으나 장강까지만 가면 천무천인의 세력권에서 멀어질 테니 어느 정도 안심할 수 있다.

아낙네 말로는 제일 가까운 현이 동남쪽으로 칠십여 리 거리인 가산현(嘉山縣)이며, 그 길을 따라서 곧장 가면 장강이라고 했다.

반드시 동남쪽으로 가야 할 필요는 없다. 가다가 적당한 곳에서 남쪽, 아니, 이곳에서 일행이 있는 유계구에 가려면 서남쪽으로 가야만 한다. 서남쪽으로 방향을 바꿔서 가면 될 터이다.

아낙네 집을 나선 대무영은 처음에는 동남쪽으로 방향을 잡고 부지런히 달렸다.

그는 강물에 잠긴 상태로 꽤 오랫동안 그리고 멀리까지 떠내려온 모양이다.

아낙네가 사는 안산호 호수 주변도 그렇고, 여기까지 이십여 리를 달려오는 동안 수상한 낌새는 전혀 없다.

추적자들이 여기까지는 오지 않은 모양이다. 그가 의도했던 것은 아니지만, 강물에 잠겨서 여기까지 떠내려온 것이 뜻하지 않은 행운을 가져다준 듯했다.

어쨌든 간에 잠도 푹 잤고 기력도 회복했으며 식사까지 배불리 한 데다 추적자들을 따돌린 것 같으니까 두루 다행한 일이다.

가산현에 도착하면 말을 한 필 구할 생각이다. 두 발로 달리는 것이 빠르긴 하지만 언제 무슨 일을 당할지 모르니까 기력을 아껴두는 것이 좋을 것 같다.

*　　　*　　　*

주도현과 주지화 남매는 급속도로 친해졌다. 두 사람 다 대무영을 알고 있다는 공통점 덕분이다.

주도현은 누이동생이 목숨까지 바칠 수 있을 정도로 사랑하는 사내가 대무영이라는 사실에 놀라면서도 대무영이라면 충분히 자격이 있다고 생각했다.

주도현 역시 대무영을 보고 한눈에 반해 버렸었다. 그리고 그와 낙양 하남포구의 집에서 얼마 동안 함께 생활을 하는 동안 그의 매력에 더욱 흠뻑 빠졌었다.

그런데 주지화는 그와 더 오랫동안 생활을 하고 또 여행을 했으므로 그에게 반하지 않을 수 없었을 것이다.

덕분에 주도현은 주지화가 기억을 잃은 이후부터 대무영과 함께 겪었던 일에 대해서 자세히 알게 되었다.

대무영이 쟁천십이류의 군주가 됐다는 사실과 무당 장문인 무학자의 제자가 된 일, 그리고 천무천인의 제자인 무일쌍절이 주지화를 데려가는 과정에 대무영을 호되게 대했다는 사실 등이다.

그러나 주지화는 그런 것들보다는 여행 중에 있었던 사소한 일들, 즉 대무영의 습관이나 성격, 그가 주지화에게 얼마나 잘 대해주었는지에 대해서 지치지도 않고 했던 얘기를 되풀이해서 하고 또 했다.

그걸 보면서 주도현은 그녀가 천성관에서 머물렀던 일 년여 동안 입을 꼭 닫고 한마디도 하지 않았다는 말이 믿어지지 않았다.

그러나 주도현은 이제껏 한 가지 걱정을 가슴속에 줄곧 품고 있었다.

그가 낙양에서 대무영과 헤어지고 나서 강호를 주유하는 일 년 동안은 단목검객 대무영에 대한 소문을 자자하게 들었지만, 그 후 일 년 동안은 그에 대해서 거의 듣지 못했다는 사실이다.

그는 대무영 정도의 실력이라면 어딜 가더라도 굉장한 소문을 몰고 다닐 것이라고 생각했었다.

그런데 처음 일 년 동안은 그랬었지만 이후부터는 그에 대한 소문이 뚝 끊어졌었다. 마치 단목검객이 강호에 존재하지 않는 사람처럼 말이다.

단목검객처럼 쟁쟁한 인물에 대한 소문이 나지 않는다는 것은 한 가지 사실을 의미한다.

강호에서 활동을 하지 못할 정도로 무슨 일이 생긴 것이다. 그런 경우는 은거를 했거나 죽었을 때뿐이다. 은거를 했다면 다행이지만 주도현은 부디 그가 죽은 것만은 아니기를 간절히 빌었다.


북경을 오백여 리쯤 남겨둔 신하현(新河縣)이라는 곳에서 주도현은 내친김에 대무영에 대해서 알아보기로 했다.

주지화의 말에 의하면 대무영은 일 년여 전에 무일쌍절의 일편절 나운정에게 호되게 당하기는 했으나 죽진 않았었다고 했었다.

주도현과 주지화가 신하현에 이르렀을 때 황궁에서 오십 명의 황궁고수가 영접을 나왔고 천성관에서부터 호위했던 열 명은 돌아갔다.

주도현은 황궁고수에게 강호의 소식에 정통한 개방제자를 데려오라고 지시했다.

주도현과 주지화는 주루에서 식사를 하다가 개방 신하분 타주의 방문을 받았다.

천성관 고수들과 함께 이곳까지 오는 동안에는 그러지 않 았으나 황궁고수들은 주도현과 주지화를 위해서 주루의 손님 들을 다 나가게 하고 주루 전체를 통째로 빌렸다.

주도현은 마음에 들지 않았으나 잠자코 있었다. 강호를 주 유하기 전의 그는 그러는 것이 당연하다고 여겼으나, 지금은 그것이 많은 사람을 괴롭힌다는 사실을 알게 되어 마음이 편 하지 않았다.

개방 신하분타주는 주루 입구에서부터 황궁고수들이 삼엄 하게 경계를 하고 있는 곳을 지나 이 층으로 올라가서 창가 자리로 안내되었다.

신하분타주 주풍개(酒風丐)는 극도로 긴장하여 감히 주도 현과 주지화가 있는 쪽은 쳐다보지도 못한 채 몸을 부들부들 떨면서 걸어갔다.

그러다가 안내하던 황궁고수가 손짓을 하자 그 자리에 멈 추며 황급히 무릎을 꿇고 절을 올렸다.

"미… 천한 소인 개방제자 주풍개가 태자님과 공주님을 뵈

옵니다."

잠시 후 주풍개는 오줌을 쌀 정도로 혼비백산했다. 누군가 자신을 부축해서 일으키는데 고개를 들고 쳐다보니까 천화태자 주도현이 아닌가.

"으왓! 태… 태자님… 황공하옵니다……."

그는 기절할 것처럼 경악해서 재차 그 자리에 엎드리려고 했으나 주도현이 팔을 잡고 있는 바람에 뜻을 이루지 못했다. 뿐만 아니라 그에게 이끌려 탁자로 다가갔다.

주도현은 탁자에 이르러 주풍개의 팔을 놓고 미소를 지으면서 정중히 포권을 했다.

"나는 주도현이오. 강호에서는 추풍신룡이라는 부끄러운 명호를 얻었소이다."

"추… 추풍신룡……."

천하에서 모르는 것이 없는 개방이지만 설마 추풍신룡이 대명의 태자였을 줄은 모르고 있었다. 주풍개는 온몸을 와들와들 떨면서 입이 얼어붙었다.

그때 술을 홀짝거리면서 마시고 있던 주지화가 주풍개를 힐끗 쳐다보며 종알거렸다.

"나는 옥봉검신 주지화야. 몇 가지 물어볼 게 있어서 널 불렀으니까 앉아."

"으으… 공주님……."

조금 전에 주풍개는 황궁고수가 느닷없이 신화분타에 찾아와서 태자마마와 공주마마께서 개방제자에게 물어볼 것이 있다고 하시니까 만약 두 분 앞에서 추호의 실수라도 하는 날이면 너는 물론이고 개방 전체에 좋지 않은 일이 벌어질 테니까 알아서 하라고 으름장을 놓는 바람에 정신이 반쯤 나간 상태에서 이곳까지 왔었다.

사실 주풍개, 아니, 개방 신하분타에서는 태자와 공주가 신하현에 들어왔다는 사실을 이미 알고 있었다.

현재 안휘성과 산동성, 하북성의 개방분타들은 천무천인에게 추격을 당하고 있는 대무영과 북상하고 있는 천화 태자, 영화 공주에게 온 촉각을 곤두세우고 있는 중이다.

"앉으라니까 뭐하고 있어?"

"에엑?"

주풍개는 무릎을 꿇지도, 서지도, 그렇다고 주지화의 명령대로 의자에 앉지도 못하고 바들바들 떨기만 했다.

주도현이 빙그레 미소를 지었다.

"지금 우리는 추풍신룡과 옥봉검신, 즉 강호인으로서 당신을 대하는 것이니 어려워 마시오."

그 말에 비로소 주풍개는 조금 위로가 되었고 또 조금 용기가 생겼다.

"앉으시오."

"으으… 태자님… 그것만은……."

주도현이 자기 옆자리를 가리키자 주풍개는 조금 생겼던 위로와 용기가 송두리째 날아가 버렸다.

"네놈이 태자마마의 명령을 거역하느냐?"

그때 뒤에 서 있던 황궁고수가 낮은 목소리로 위협을 하자 주풍개는 움찔 놀라 급히 돌아보았다.

그의 뒤에는 안내했던 황궁고수뿐만 아니라 십여 명의 황궁고수가 번뜩이는 금의를 입은 채 위엄 있게 도열해 있어서 저절로 주눅이 들었다.

결국 주풍개는 오줌을 쌀 것 같은 공포와 두려움을 견디면서 주도현 옆 의자에 조심스럽게 궁둥이를 얹었다.


개방제자들 거개가 그렇듯이 주풍개도 예외는 아니었다. 주도현이 술을 권하자 처음에는 완강히 거절하다가 몇 잔 마시고 나더니 차츰 안정을 되찾았다.

주풍개라는 그의 별호에서 알 수 있듯이 그는 밥보다 술을 더 좋아하며 술을 마시면 배포가 커진다.

"그렇다면 대 형은 마학사라는 자에게 이용만 당한 것이 아니오?"

주풍개는 단목검객 대무영에 대해서 자신이 아는 대로 설명을 하고 있는 중이었다.

그리고 지금은 마학사가 철심도 진명군에게 은자 오백만 냥을 받고 대무영을, 아니, 대무영의 군주증패를 팔았다는 내용까지 설명을 했다.

술이 술을 부른다고, 주풍개는 이제 주도현이 술을 따라주지 않아도 제 스스로 술을 따라서 벌컥벌컥 잘 마셨다.

"그러믄입쇼. 단목검객은 마학사의 돈벌이에 철저하게 이용당한 것이죠."

"그래서 어떻게 됐소? 물론 진명군이라는 자는 대 형의 상대가 되지 못했겠지?"

주도현은 주풍개가 대무영에 대해서 설명하기 시작하면서부터 너무 긴장해서 술을 마시지도 않았다.

주지화는 더했다. 대무영에 대한 이야기이기 때문에 그녀는 꼼짝도 하지 않고 눈을 동그랗게 뜬 채 빤히 주풍개를 주시하고 있었다.

"그렇지 않습니다."

"그렇지 않다니, 설마 대 형이 진명군에게 당하기라도 했다는 말이오?"

"진명군을 만나기 전에 단목검객은 심각한 중상을 입은 상태였습니다."

"누구에게 말이오?"

주풍개는 이야기가 심각한 쪽으로 흐르자 술잔을 내려놓

고 조심스럽게 주지화를 쳐다보았다.

주지화는 왠지 모를 불길함을 느꼈다. 마치 자기 때문에 대무영이 잘못되기라도 한 것 같은 느낌이다.

"단목검객은 진명군과 마주치기 직전에 무일쌍절의 일편절 나운정에게 중상을 입었습니다."

"아……."

주지화의 얼굴에서 핏기가 싹 사라졌다. 그녀는 그때의 일을 생생하게 기억하고 있다.

그 당시에 그녀는 대사형 무상절 사도헌에게 붙잡혀 있었기 때문에 대무영을 볼 수 없었으나 그가 나운정하고 싸우고 있다는 사실은 알 수 있었다.

그때 주지화는 나운정이 대무영을 죽이면 자기도 따라 죽겠다면서 울부짖었었다.

"일편절 나운정에게 당한 단목검객은 몸도 가누지 못하는 상태에서 또다시 진명군에게 가슴에 일검을 맞고 천 길 낭떠러지로 떨어졌습니다."

주지화 뿐만이 아니다. 주도헌 역시 안색이 창백해져서 대경실색한 표정을 짓고 있었다.

"그… 래서 어찌 되었소?"

주도헌은 말까지 더듬거렸다. 가슴에 일검을 맞고 천 길 낭떠러지로 추락했으면 어찌 되었을 것인지는 충분히 짐작할 수 있지만, 그래도 기적이라는 것이 일어나 주었기를 간절하게 바라면서 물었다.

주풍개는 쏩쏠한 표정을 지었다.

"이후 강호에서 단목검객에 대한 소식은 끊어졌습니다. 아무도 그를 봤다는 사람이 없었습니다."

주도현은 자신의 불길한 예감이 현실로 드러나자 너무도 큰 충격에 가슴이 먹먹해지고 눈물이 핑 돌았다.

그는 이 날까지 오로지 한 명의 친구만을 사귀었었다. 대무영을 만나기 전이나 후에도 친구는 아무도 없었다.

그는 매우 까다로운 사람인지라 아무나 친구로 사귀지 않는데 단 한 명, 우연히 만났던 대무영만이 그의 마음에 꼭 들었었다.

그리고 그와 헤어진 후에는 날이 갈수록 그가 그립고 보고 싶었었다.

그런데 그가 죽었다는 것이다. 지금이라도 당장 껄껄 웃으면서 나타나 어깨를 툭 칠 것 같은 그가 말이다.

주도현은 문득 주지화가 염려되어 그녀를 쳐다보았다. 아니나 다를까 그녀는 얼굴이 핏기 한 점 없이 창백하게 변해서 눈을 동그랗게 뜨고 넋 나간 표정을 짓고 있었다.

그러더니 갑자기 그녀가 왈칵 입에서 핏덩이를 쏟아내는 것이 아닌가. 그만큼 큰 충격을 받았다는 뜻이다.

"화야!"

주도현이 깜짝 놀라 자리에서 일어나 그녀에게 가려는데 그녀는 뿌리치며 주풍개에게 몽롱한 얼굴로 물었다.

"그럼 영랑은 죽은 거야?"

"그게……."

주풍개는 그 뒤의 얘기를 잘 알고 있다. 또한 지금 대무영이 어떤 상황에 처해 있는지도 훤하게 꿰고 있다.

하지만 지금 이 자리에서 그 얘기를 해도 좋은지 어떤지 결정을 내리지 못하고 있는 것이다.

"으흐흐흐흑!"

갑자기 주지화가 탁자에 엎드리며 울음을 터뜨렸다.

"화야……."

그녀 옆에 서 있는 주도현은 너무도 격렬하게 우는 누이동생을 뭐라고 위로할 방법을 찾지 못했다.

그 자신도 충격과 슬픔 때문에 무너지려는 것을 간신히 견디고 있는 중이다.

주풍개는 그 모습을 보면서 결국 아무 말도 하지 않기로 마음먹었다. 그것은 일개 분타주인 그가 말할 내용이 아니기 때문이다.

주지화는 엎드려서 울다가 그대로 혼절을 해버렸다. 놀란 주도현이 손목을 짚어보자 맥이 매우 불규칙하고 희미해서 위험한 상황이다.

그는 급히 주지화를 안아서 조심스럽게 바닥에 눕힌 후에 손목을 잡고 부드러운 진기를 주입하기 시작했다.

그녀는 너무 큰 충격을 받은 탓에 체내의 기혈이 격렬하게 들끓었으며, 거의 모든 심맥이 여기저기에서 마구 끊어진 상태다. 그대로 놔둔다면 심할 경우 죽거나 폐인이 되고 말 것이다.

주도현은 땀을 뻘뻘 흘리면서 정신을 집중하여 진기를 주입하면서도 한편으로는 누이동생이 얼마나 대무영을 사랑했으면 이 정도로 충격을 받았을까 생각하니 가슴이 미어지는 것만 같았다.


일각 후에 주도현은 주지화의 상태가 간신히 진정되는 것을 확인하고는 진기주입을 멈추고 손을 뗐다.

반듯하게 누워 있는 주지화의 창백했던 얼굴에 발그레 혈색이 돌더니 잠시 후에 눈을 떴다.

"아… 교가(嬌哥)……."

주도현은 깜짝 놀랐다. '교가'라는 호칭은 예전에 주지화가 지어준 것으로써 '귀여운 오라버니'라는 뜻이다.

그녀는 주도현이 그런 호칭은 싫다고 질색을 하는데도 귀엽다면서 한사코 그렇게 불렀었다.

그런데 지금 그녀가 주도현을 '교가'라고 불렀다는 것은 어쩌면 잃었던 기억이 되돌아온 것일지도 모른다고 주도현은 조심스럽게 기대했다.

"화야, 기억이 돌아왔느냐?"

주지화는 부스스 일어나 앉더니 잠시 눈을 깜빡거리며 가만히 있다가 깜짝 놀랐다.

"아! 그래요! 이제 모든 게 다 기억나요!"

"화야! 정말 잘됐구나!"

주도현은 진심으로 기뻐했다. 대무영이 죽었다는 사실에 충격을 받은 그녀가 기억을 되찾을 줄이야 상상조차 하지 못했었다.

"좀 들어가자구!"

그때였다. 갑자기 아래층 주루 입구에서 고함 소리가 터져 나왔는데 여자 목소리 같기도 하고 아니면 목소리가 가는 남자의 것 같기도 했다. 하여튼 걸걸한 목소리다.

"아, 정말 이 작자들이……. 저 위에 내가 아는 친구들이 있다니까 그러네!"

누가 주루에 들어오려는 것을 지키고 있는 황궁고수들이 제지하는 것 같았다.

그러나 주도현은 그런 소란에 신경을 쓸 만한 기분이 아니어서 무시했다.

그런데 갑자기 흐느껴 울던 주지화가 급히 상체를 일으키며 얼굴에 놀란 표정을 떠올렸다.

바로 그때 주루 밖에서 예의 그 사람의 고함 소리가 터졌다.

"야! 주지화! 거기 있는 거 다 안다!"

"이년이 감히 죽으려고!"

"저년을 죽여라!"

뒤를 이어 당황한 황궁고수들의 고함 소리가 터졌다.

주지화는 발딱 일어나 급히 창을 열고 거리를 내다보다가 눈이 휘둥그레졌다. 주루 입구에 한 여자가 검을 뽑아 쥔 황궁고수들에 둘러싸여 공격을 당하기 직전인 광경을 발견한 것이다.

주지화는 반가움에 주루 입구의 여자를 향해 소리쳤다.

"설 언니!"

순간 주루 입구의 여자와 황궁고수들이 이 층 창밖으로 상체를 내밀고 반가운 얼굴로 손을 흔들고 있는 주지화를 올려다보았다.

여자 북설은 주지화를 발견하고는 분을 이기지 못하고 손가락질을 하며 쌍심지를 돋우었다.

"야! 주지화! 여긴 손님을 이딴 식으로 대접하는 거냐?"

그녀는 상대가 공주라고 해도 개의치 않았다.

"기다려요! 설 언니!"

같이 창밖을 내다보던 주도현은 그녀가 대무영의 최측근인 북설이라는 것을 알아보았다.

그는 예전에 낙양 하남포구의 대무영네 주루 집에 북설이 함께 살고 있었다는 것을 잘 기억하고 있다. 그때 주지화는 이미 허둥지둥 계단으로 달려 내려가고 있었고, 주도현은 즉시 뒤따라 달려갔다.

거리에 사람들이 모여들자 주도현과 주지화는 서둘러서 북설을 데리고 이 층으로 올라왔다.

"오랜만이오, 북설 낭자."

주도현은 북설이 매우 반가웠다. 대무영의 최측근인 그녀에게서 대무영에 대해 더 자세히 들을 수 있을 것이라는 기대 때문이다.

"낭자는 무슨……."

자신을 고분고분한 여자로 취급하는 것을 달갑게 여기지 않는 북설은 시큰둥한 반응을 보였다.

"설 언니……."

주지화는 북설 앞에 서서 감개무량한 표정을 짓더니 쓰러지듯이 그녀의 품에 안겼다.

예전 낙양 하남포구에서 그녀는 북설을 발가락 사이에 낀

때처럼 취급을 했었다.

그런 그녀하고 북설이 사이가 좋았을 리가 없다. 그래서 얼굴만 마주 대하면 견원지간처럼 으르렁대며 싸웠었다.

하지만 북설은 오랜만에 만나는 주지화가 반가웠다. 예전에 사이가 좋았든 아니든 간에 오랜만에 만났기 때문이다.

그런데 주지화가 먼저 언니라고 부르면서 흐느껴 울며 품에 안겨드니까 예전의 좋지 않았던 감정 따윈 눈 녹듯이 스러졌다.

"왜 우느냐? 어린애처럼……."

북설은 부드럽게 주지화의 등을 쓰다듬었다. 그러는 북설의 모습은 큰언니 같았다.

"흐흐흑… 영랑이……."

"영랑? 조장 말이냐?"

"네……."

주지화는 눈물범벅이 된 얼굴을 들고 북설을 올려다보며 하소연하듯 흐느꼈다.

"흐흐흑… 영랑은 나 때문에 죽은 거예요……. 내 잘못이에요……."

"뭐어? 조장이 죽었어?"

북설은 놀라서 안색이 크게 변해 급히 주지화를 떼어내고는 두 손으로 그녀의 어깨를 잡고 거칠게 흔들었다.

"조장이 언제 죽었느냐? 응? 누구에게 죽었다고 하더냐?"

"일 년 전에… 진명군이라는 자에게……."

"……."

북설은 어이없는 표정을 지었다가 비로소 큰 한숨을 내쉬며 주지화의 어깨를 놔주었다.

"놀랐잖아."

주도현과 주지화는 의아한 표정을 지었다. 북설의 말이 이상한 여운을 남겼기 때문이다.

"설 언니, 그게 무슨 말이에요? 영랑은 일 년여 전에 마학사의 음모에 빠져서 진명군이라는 자에게 일검을 맞고 천 길 낭떠러지로 추락했다고 하던데……."

주도현도 똑같은 것을 묻고 싶었는데 주지화가 먼저 북설의 옷자락을 붙잡고 마치 젖을 보채는 아기처럼 눈물 가득한 눈으로 그녀를 바라보았다.

북설은 씁쓸한 표정으로 고개를 끄떡였다.

"그랬었지."

주도현과 주지화는 바짝 긴장하여 북설이 다음에 무슨 말을 할지 귀를 기울였다.

"그렇지만 조장은 천행으로 구사일생 목숨을 건졌어."

"아아… 그게 정말인가요?"

주도현과 주지화는 믿어지지 않는다는 표정을 지었다.

북설은 주도현의 가슴을 찌를 듯이 손가락을 뻗었다.

"조장은 형산의 천 길 낭떠러지 아래 강으로 추락을 했었는데 이 친구가 준 어천이라는 목걸이를 목에 걸고 있어서 살아났다고 하더군. 그 목걸이에 무슨 피수(避水)인가 뭔가 하는 능력이 있었다는 거야."

"아아……."

북설이 구체적으로 설명을 하자 그제야 주도현과 주지화는 대무영이 살아났다는 것을 현실로 받아들였다.

주지화는 대무영이 살아 있다는 사실에 목이 메어 말도 하지 못하고 펑펑 눈물만 쏟았다.

주도현은 감격에 겨운 표정으로 북설에게 물었다.

"대 형은 지금 어디에 있소?"

그 말에 북설은 자신이 이곳까지 한시도 쉬지 않고 달려온 용건이 생각나서 갑자기 와락 주도현의 멱살을 잡고 잡아먹을 듯이 으르딱딱거렸다.

"당신 때문에 조장이 죽게 생겼어! 아니, 이미 죽었을지도 몰라! 이 일을 어떻게 할 거야 응?"

그녀의 느닷없는 행동에 황궁고수들이 일제히 도검을 뽑으면서 몰려들었다.

"물러나라."

주도현은 나직이 호통을 쳐서 황궁고수들을 물러나게 했

으나 북설에게 붙잡힌 멱살은 그대로 놔두었다. 그녀가 한 말에 충격을 받았기 때문이다.

"무슨 말이오? 내가 어떻게 했기에 대 형이 죽었을지도 모른다는 것이오?"

북설은 그의 멱살을 놓았다. 하지만 얼굴 가득 그를 증오하는 표정을 떠올렸다.

"당신 얼마 전에 합비 만희각에서 사군이라는 기녀를 데리고 나왔었지?"

주도현은 그걸 북설이 어떻게 알고 있는지 적잖이 놀랐으나 선선히 고개를 끄떡였다.

"그랬소."

"혹시 당신 해란화라는 이름 들어본 적 있어?"

주지화와 더불어서 천하이미라고 불리는 이름을 주도현이 못 들어봤을 리가 없다.

"들어보았소."

키가 큰 북설은 발끝을 세우고 자기보다 키다 더 큰 주도현의 얼굴에 자신의 얼굴을 바짝 들이댔다.

"사군이 바로 해란화야. 마학사, 아니, 적사파울에게 납치당했던 조장의 여자라구."

"……"

황궁에서 어렸을 때부터 천재라는 찬사를 수없이 들었던

주도현이지만, 지금 이 순간에는 너무 큰 충격을 받아서 머릿속이 텅 비어버렸다.

"알아들어? 조장은 해란화를 찾으려고 온 천하를 뒤졌고 마침내 합비 만희각에 있다는 사실을 알아내고서 달려왔는데 한나절 전에 당신이 그녀를 데리고 떠났다는 거야! 친구에게 여자를 뺏긴 거지!"

"이… 이건……."

주도현은 중심을 잃고 비틀거렸다. 그의 얼굴이 창백해졌으며 마치 실성한 사람 같은 표정이다.

북설은 거기서 멈추지 않았다. 만약 대무영에게 무슨 일이 생겼다면 그녀는 주도현을 죽이고도 남을 것이다.

"당신은 해란화를 생사혈륜 난마라는 자에게 맡겼었지? 조장은 겨우 추격해 와서 난마를 죽이고 해란화를 찾았어. 자기 여자를 찾으려고 하는데 난마가 도리어 조장을 죽이려고 하니까 어쩔 수 없이 죽인 거야."

주도현은 서 있을 힘이 없는지 의자에 털썩 주저앉았다.

"그랬더니 천무천인이라는 자가 어쨌는지 알아? 제자들과 승무단인지 뭔지 하는 놈들을 죄다 풀어서 조장을 사냥감처럼 쫓고 있다구!"

지금까지 잠자코 있던 주풍개가 북설이 아직 모르고 있는 내용을 덧붙였다.

"단목검객은 오하현 동남쪽 삼십여 리쯤의 강에서 실종된 상태입니다. 그때까지 단목검객은 쫓기는 과정에서 삼백여 명의 승무단 고수와 안휘성 네 개 방파의 천이백여 명을 죽였습니다."

언제부터인지 주지화는 아예 바닥에 무릎을 꿇고 앉아서 해쓱한 안색에 가녀린 몸을 바들바들 떨며 눈물을 흘리고 있었다.

대무영이 쫓기면서 무려 천오백여 명의 추격자를 죽였다고 한다.

그걸 다시 말하면, 대무영을 그렇게 많은 고수가 사냥감을 몰듯이 추격하고 있다는 뜻이다.

대무영이 지금까지 천오백여 명의 추격자를 죽였다면, 그보다 열 배 정도는 더 많은 고수가 추격하고 있다는 뜻이기도 하다.

주풍개가 다시 말을 이었다.

"현재 안휘성과 산동성, 강소성의 열일곱 곳의 승무단과 이십여 개 방, 문파가 단목검객을 추격하고 있으며, 그 수는 무려 삼만오천여 명에 달합니다."

북설은 미친 것처럼 발작했다.

"삼만오천 명? 천무천인인지 나발인지 그 늙은이 미친 거 아냐?"

"현재 세 개 성(省)의 더 많은 승무단과 방, 문파들이 추격에 가담하고 있습니다. 단목검객은 날개가 있어도 절대 포위망을 빠져나가지 못할 겁니다."

주지화는 바닥에 퍼질러 앉아서 하염없이 눈물을 흘리며 넋두리처럼 중얼거렸다.

"어쩌면 좋아… 영랑이 죽으면 어떻게 해……. 이 일을 어떡하면 좋지……."

북설이 버럭 소리 질렀다.

"어떻게 하긴! 당장 천무천인 미친 늙은이에게 달려가서 이 염병할 짓을 그만두라고 해야지!"

"아……."

그 말에 주지화는 정신을 차린 듯 탄성을 흘리며 북설을 쳐다보았다.

"그렇군요. 지금 당장 내가 사부님에게 가야겠어요."

북설은 주도현을 가리켰다.

"당신도 가."

"나는……."

주도현은 황제인 부친의 병환이 위중하다고 해서 서둘러 자금성으로 가는 길이다.

주지화도 자금성에 함께 가야 하지만 지금 상황으로는 그녀가 천성관으로 가서 천무천인을 직접 만나 이 일을 해결하는 수밖에 없다.

주도현까지 천성관에 갈 수는 없다. 마음 같아서는 그도 주지화와 함께 가고 싶지만 부친의 병환이 위중하다는데 그럴 수는 없는 일이다.

만약 지금 부친을 보지 못하면 혹시 임종을 지키지 못하게 될지도 모른다.

그것은 크나큰 불효이며 부친의 임종 직후에 주도현이 황제의 자리에 올라야 하기 때문에 반드시 자금성에 가야만 하는 것이다.

대무영은 일개인이지만 황궁에 가야 하는 것은 대명제국 전체가 걸린 일이다.

"나는 갈 수 없소."

"어째서? 조장이 죽어도 좋다는 말이야?"

"황제께서 병환이 위중하시오. 만약 황제께서 서거하신다면 나는 임종을 지켜야만 하오."

주도현이 황제, 즉 아버지의 임종을 지켜야 한다는 말에 북설은 더 이상 그를 다그치지 못했다.

그녀는 주풍개를 쳐다보았다.

"당신은?"

"개방 신하분타주입니다."

주풍개는 개방의 정보망을 통해서 북설이 주도현과 주지

화를 만나러 온다는 사실을 알고 있었다.

"현재 조장이 어디에 있는지 확인해 주시오."

북설의 요구에 주풍개는 착잡한 표정을 지었다.

"단목검객은 어젯밤부터 실종 상태입니다만……."

"실종?"

"감쪽같이 사라졌습니다."

북설의 얼굴이 해쓱해졌다.

"죽었다는 거요?"

"어젯밤, 아니, 정확하게 오늘 새벽 축시(새벽 2시경)쯤에 단목검객은 안휘성 봉양현의 흑기방(黑旗幇) 이백삼십 명을 전멸시키고 나서 아후 진천방(震天幇)의 추격을 받던 중에 갑자기 사라졌습니다."

"사라졌을 뿐이지 죽은 것은 아니잖아?"

"그렇소. 단목검객의 시신은 발견되지 않았소."

장내에 침묵이 흘렀다. 이런 상황에서는 아무도 섣불리 대무영이 어떤 상황에 처했을 것이라고 짐작하지 못했다.

주지화는 뭔가를 곰곰이 생각하는 표정으로 조심스럽게 의자에 앉고 나서 잠시 후에 물었다.

"영랑이 흑기방의 이백삼십 명을 전멸시킨 직후에 사라졌다고 했죠?"

"그렇습니다. 공주님."

"어느 누구라도 그렇게 많은 적을 죽이고 나면 극도로 지치고 말 거예요. 즉, 영랑은 그런 상황에서 다시 진천방의 추격을 받게 됐어요."

"그렇습죠."

주지화는 허공을 뚫어지게 주시하면서 골똘한 생각에 잠긴 듯한 얼굴로 말을 이었다.

"근처에 강이 있나요?"

"심하(深河)라는 강이 있으며 홍택호 서남쪽에 거의 붙어 있는 안산호로 흘러듭니다."

"그거예요."

"예?"

"영랑은 진천방의 추격에서 벗어나려고 스스로 강에 뛰어들었거나 아니면 강을 건너려다가 포기했을 거예요."

북설이 통 영문을 모르겠다는 듯한 얼굴로 따졌다.

"죽으려고 강에 뛰어들어? 더구나 강을 건너려다가 포기했을 거라는 건 무슨 소리야?"

"어천이에요."

주도현이 대무영에게 준 피수의 능력을 지닌 목걸이 어천을 말하는 것이다.

"영랑은 어천을 지니고 있기 때문에 강물 속으로 깊이 들어가도 죽지 않아요. 만약 그런 상황이라면 교가는 어떻게 했을 것 같아요?"

주지화는 주도현에게 물었다.

"나라면 강물 속에 들어가서 물살에 몸을 맡긴 채 잠을 청하거나 푹 쉴 것이다."

주지화는 총명한 눈빛을 발하며 고개를 끄떡였다.

"영랑도 틀림없이 그렇게 했을 거예요."

주도현은 고개를 끄떡였다.

"그렇다면 대 형은 심하라는 강의 하류로 흘러내려 그곳에서 남쪽으로 향했겠구나."

"그랬을 거예요."

# 第九十三章
개 같은 사부, 개 같은 제자

대무영은 벼락치기를 전개하는 것을 그만두었다. 이렇게
많은, 더구나 강하지 않은 적들을 상대하는 데는 벼락치기보
다는 유운검법이나 매화검법 같은 평범한 검법을 전개하는
것이 훨씬 기력의 소모가 덜하기 때문이다.

중간 목적지로 삼았던 가산현을 이십여 리쯤 남겨 놓은 어
느 야산에 들어섰을 때, 그는 야산 전체에 수많은 적이 매복
해 있다는 사실을 감지했다.

야산에 오르기 전에 그 사실을 감지했다면 도주하거나 다
른 방법을 찾았을 것이다.

하지만 강물에 떠내려온 이후 오랫동안 적들을 만나지 못했었기에 방심하고 있던 탓에 무심코 야산에 올랐다가 함정에 빠지고 말았다.

야산은 가장 높은 곳이 이백여 장 정도로 그다지 높지 않았으나 매우 험준하고 잡목이 우거졌으며 마치 작은 산맥인 양 사방으로 매우 넓게 퍼져 있었다.

적의 수가 얼마나 되는지는 알 수 없다. 드넓은 초원이라면 적들이 한눈에 보일 테지만, 이곳에는 엄폐물이 많아서 현재 싸우고 있는 적 백여 명만 보일 뿐이다.

싸움이 시작된 지 반 시진째. 그는 벌써 백 명 이상의 적을 죽였다.

그런데도 적들은 끊임없이 사방에서 꾸역꾸역 쏟아져 나오고 있다.

대무영이 벼락치기를 전개하다가 매화검법으로 바꾼 이유도 적이 도대체 얼마나 많은지 짐작할 수 없기 때문이다.

얼마 전까지만 해도 그는 벼락치기를 하루 종일 전개해도 지치지 않을 것이라고 자신했었다.

그러나 어젯밤 강물에 뛰어들기 전의 싸움에서 그는 벼락치기도 두 시진 동안 계속 전개하면 지칠 수밖에 없다는 사실을 몸소 체험하고 기진맥진했었다.

벼락치기가 매화검법보다 짧은 시간에 더 많은 적을 죽일 수는 있지만, 두 시진 안에 적을 모두 죽일 수 있다는 보장이 없는 상황에서는 사용하지 않는 것이 좋다는 판단을 내렸다.

싸움이 시작되고 얼마 지나지 않았을 때부터 눈이 내리기 시작하더니 지금은 함박눈으로 변했다.

화산파의 평범한 검법인 매화검법은 대무영에 의해서 천지검으로 전개되는 순간 절세검법으로 변환되었다. 매화검법은 이곳 안휘성 동북지역의 이름 모를 야산에서 수많은 생명을 앗아가고 있는 중이다.

지금 대무영이 전개하는 매화검법은 벼락치기에 비해서 기력이 절반밖에 소모되지 않는다.

하지만 계산대로라면 이것도 네 시진이 한계다. 인간은 역시 인간일 수밖에 없는 것이다.

싸움을 시작한 지 한 시진이 지나고 적 이백여 명을 죽였을 무렵 대무영은 아직 기력이 남아 있을 때 이곳을 벗어나 봐야겠다고 생각했다.

도대체 수가 얼마쯤인지 짐작할 수도 없는 적들과 싸우다가는 기력이 고갈되어 쓰러질 것이 불을 보듯이 뻔하기 때문이다.

그래서 혹여 전력으로 신형을 날린 후에 달린다면 포위망에서 벗어날 수도 있지 않을까 기대를 했다.

슈슈… 쉬이익!

그는 매화검법을 전개하여 벌 떼처럼 공격해 오는 적들을 베고 찌르면서 재빨리 주위를 둘러보았다.

어느 방향으로 달려 나가고 또 어떤 장소에서 도약하는 것이 좋을지 살피는 것이다.

태양의 위치를 보고 도주할 방향, 즉 남쪽으로 정한 그의 눈에 적당한 장소가 들어왔다.

좌측 십오 장쯤 떨어진 곳에 하나의 거대한 바위, 아니, 암벽이 있었다.

몇 개의 거대한 바위가 서로 얼기설기 쌓여서 이루어졌는데 높이가 이십여 장에 이르고 제법 깎아지른 듯해서 적들이 쉽사리 오르지 못할 듯했다.

설사 도주를 하지 않는다고 해도 저 꼭대기에 있으면 적들을 상대하는 것이 매우 손쉬울 것 같았다. 적들이 저기까지 오를 수 있다고 해도 불과 몇 명뿐일 테니까 쉬어가면서 충분히 싸울 수 있다.

그러나 그것뿐이다. 도주하지 않는다면 그는 암벽 꼭대기에 갇혀 버리는 신세가 돼버릴 것이다.

그는 여태까지는 거의 움직이지 않은 상태에서 싸웠으나 일단 목표가 정해지자 암벽 쪽을 향해 천천히 나아가면서 천지검을 휘둘러 매화검법을 전개했다.

그는 이 싸움이 정말 하기 싫었다. 이것은 실로 무의미하기 짝이 없는 싸움, 아니, 일방적인 살인이다.

그렇다고 건성으로 대충대충 싸울 수는 없다. 이들은 엄연히 적이기 때문이다.

사람을 이런 식으로 표현하는 것은 나쁘지만, 그에게 있어서 이 적들은 개미 떼 같다.

밟아서 죽이기는 아주 쉬운데 백해무익한 일이다. 아니, 아무런 은원관계도 없는 사람들이기 때문에 기분이 영 개운하지가 않다.

스사사삭…….

"끅!"

"캑……."

천지검이 한 번 번뜩일 때마다 어김없이 서너 명의 적이 미간이나 목, 심장을 찔리고 또 쩍쩍 베어져서 피를 뿌리며 죽어갔다.

이윽고 그는 암벽 아래에 이르렀다. 적들은 그를 암벽으로 몰아서 물러날 곳이 없게 만들었다고 착각을 하여 지금까지보다 더욱 거세게 공격을 퍼부었다.

탓!

한순간 그는 발끝으로 힘껏 바닥을 박차고 수직으로 솟구쳐 단번에 십여 장 높이에 이르렀다.

거기에서 발끝으로 암벽을 세차게 찍고 재차 솟구쳐 이윽고 단 두 번의 도약으로 이십여 장 높이의 암벽 꼭대기에 올라설 수 있었다.

밑에 있을 때는 몰랐는데 일단 올라보니까 이곳 암벽 꼭대기가 이 산에서 가장 높은 곳이었다.

그곳에서는 멀리까지 보였다. 한차례 빠르게 둘러보니 서쪽 저 멀리에 제법 큰 마을이 있었다. 아마 그곳이 그의 중간 목적지였던 가산현인 듯했다. 거리는 약 십오 리에서 이십 리쯤 될 듯했다.

하지만 대무영은 그곳을 지금의 목적지로 삼지 않았다. 원래는 그곳에서 말을 한 필 구해서 타고 갈 생각이었으나 이제는 그럴 수 없게 되었다.

지금 상황에서는 이 포위망을 벗어나서 전력으로 남쪽을 향해서 도주하는 수밖에 없다.

아래를 쳐다보니까 적 수십 명이 암벽을 오르려고 시도하고 있는 중이지만 쉬워 보이지는 않았다.

가장 빠른 자 두 명이 암벽 중간쯤에 달라붙어서 기어오르고 있다.

대체 올라와서 어쩌자는 것인가. 상대가 안 되는 줄 뻔히 알면서도 아등바등 기어오르는 것을 보면 안쓰러운 마음이 절로 들었다.

"후우……"

대무영은 천지검을 검실에 꽂으면서 한차례 길게 숨을 들이마시며 남쪽을 보며 어떤 식으로 도약을 할 것인지 궁리를 했다.

탓!

이어서 두 발로 힘껏 암벽을 박차고 엎드린 자세로 한 마리 독수리처럼 날아갔다.

쏟아지는 함박눈을 온몸으로 맞으면서 차가운 공기를 폐부 가득 한껏 들이마시니까 심신이 더할 수 없이 상쾌해져서 그의 입에서 자신도 모르게 저절로 긴 장소성이 터져 나왔다.

"우우우――"

마치 한 마리 창룡이 울부짖는 듯한 장소성은 현재 그의 착잡한 심정을 대변하는 것 같았으며 그것을 털어버리려는 듯 멀리까지 퍼져 나갔다.

암벽 주위에 몰려 있던 적들은 대무영의 갑작스런 도주에 어찌할 바를 모르고 우왕좌왕했다.

그랬다가 갑자기 허공에서 장소성이 터지자 무기를 버리고 두 손으로 귀를 틀어막으면서 괴로운 듯이 비틀거렸고, 암벽을 오르던 자들은 우르르 아래로 떨어졌다.

장소성에는 심후한 외공기가 실려 있어서 그 소리를 듣는 순간 기혈이 거세게 요동치고 혈맥이 터지는 듯한 충격을 받은 것이다.

대무영은 비행을 하는 도중에 아래를 한 번 쳐다보고는 놀라움을 금치 못했다.

적들이 야산 전체를 뒤덮고 있었다. 그 수가 족히 수천 명은 되는 듯하며, 다들 조금 전까지 대무영이 있던 곳으로 꾸역꾸역 몰려들고 있었다.

만약 그가 도주할 생각을 하지 않고 그 자리에서 계속 싸우려 들었다면 저들을 다 죽이기 위해서는 며칠로도 모자랄 것 같았다.

아니, 다 죽이기도 전에 그가 먼저 기력이 고갈되어 쓰러졌을 것이다.

그러므로 지금 생각해 보면 도주를 시도한 것이 정말로 잘한 일이다.

그는 한 번의 도약에 암벽 꼭대기로부터 무려 이십여 장을 날고는 몸이 완만한 포물선을 그으며 점차 아래로 하강하기 시작했다.

그는 지금까지 한 번에 이렇게 멀리 날아보는 것이 처음이다. 그러므로 이참에 자신의 도약능력이 어느 정도인지 제대로 확인하는 계기가 되었다.

그가 암벽 위에서 날아갈 방향을 살피면서 두 번째 도약대로 삼은 거대한 바위까지 이르려면 아직 칠팔 장이나 더 날아가야 한다.

하지만 바위 높이가 지상에서 십여 장이므로 그가 완만하게 하강하면서 비행하면 충분히 도달할 것 같았다.

그는 아래쪽의 적들에 대해서는 더 이상 신경을 쓰지 않기로 했다.

그가 위쪽에 있으면 적들의 공격을 받지 않을 것이고 싸우지 않아도 되므로 이제부터는 어떻게 하면 지상에 내려가지 않고 계속 비행할 수 있겠는가에 대해서만 방법을 궁리하면 될 것이다.

탓!

그는 계획했던 두 번째 바위 꼭대기에 아슬아슬하게 도착하여 발을 딛자마자 전력으로 박차고 다시 위로 비스듬히 솟구쳤다.

이제 아래쪽은 내려다볼 필요가 없다. 조금 전에 봤을 때 야산 전체에 적들이 뒤덮여 있었으므로 이곳도 마찬가지일 것이다. 최소한 야산을 벗어나야 포위망을 벗어났다고 할 수 있을 터이다.

대무영으로서 정말 다행스러운 것은 야산 곳곳에 거대한 바위와 암벽, 그리고 키 큰 나무들이 어디에나 산재해 있다는 사실이다.

그러므로 지금처럼 계속 바위 꼭대기와 나무를 도약대로 삼아서 비행하면 될 것이다.

진작 이런 방법을 썼더라면 쓸데없는 싸움을 하지 않아도 좋았을 것이고, 무고한 사람 이백여 명을 죽이지 않아도 됐을 터이다.

그가 봤을 때 야산을 뒤덮고 있는 적들은 알 수 없는 방, 문파의 고수, 무사다.

어디에도 천무천인의 문하제자라는 승무단 고수들의 모습은 보이지 않았다.

그렇다는 것은 이곳의 적은 이 지역의 방, 문파에서 동원된 자들이고 승무단 고수들은 아직 도착하지 않은 것이 분명했다.

그러므로 이곳의 적들이 대무영을 포위하고 싸우면서 발목을 붙잡고 있으면 오래지 않아서 승무단 고수들이 출현할 것이 분명하다.

승무단 고수들은 방, 문파의 고수, 무사들하고는 수준이 현격하게 다르기 때문에 그들에게 붙잡히면 고생을 더 하고 시간을 더 끌 수밖에 없다.


대무영은 계속해서 바위와 나무 꼭대기를 디디면서 도약하여 최초의 암벽에서 남쪽으로 삼 리 이상 날아왔다.

야산은 조금 낮아지기는 했지만 계속 이어졌고 적들도 아직 많았으나 골치 아픈 일은 일어나지 않았다.

아래쪽에서 꾸역꾸역 북쪽을 향해 전진하고 있는 적들은 자신들이 추격하고 있는 대상인 대무영이 머리 위로 날아가고 있다는 사실조차도 모르고 있었다.

대무영이 최초에 도주를 시작한 곳에 있던 동료들로부터 그가 도주하고 있다는 소식이 아직 이곳까지는 전해지지 않은 것이다.

그러므로 대무영에게는 무인지경이나 다름이 없다. 만약 그의 목적지까지 계속 이런 식으로 갈 수만 있다면 더할 나위가 없을 것이다.

그런데 오래지 않아서 문제가 발생했다. 산중에 갑자기 분지(盆地)가 나타나면서 날아가고 있는 그의 전방에 아무 곳도 디딜 곳이 없게 돼버린 것이다.

즉, 분지 전체가 초원으로 이루어진 탓에 바위나 나무가 하나도 보이지 않았다.

분지는 제법 크고 넓어서 건너편 나무들이 있는 곳까지 족히 오 리 이상 될 것 같았다.

더구나 분지 전체에는 적들이 개미 떼처럼 새카맣게 깔려 있기 때문에 그곳에 내려서기만 하면 순식간에 포위되고 말 것이다.

엄폐물이 전혀 없는 곳에서의 싸움은 대무영에게 불리할 수밖에 없으므로 그런 일은 일어나지 말아야 한다.

이제 대무영 앞에는 딱 두 번 딛고 도약할 수 있는 나무밖에 없다.

거리는 약 사십여 장뿐이고, 그 다음에는 곧장 분지이며 초원이다.

그전에 뭔가 방법을 강구하지 않는다면 마지막 나무에서 멈춰 발이 묶일 수밖에 없는 상황이다.

탓!

첫 번째 나무 꼭대기를 박차고 힘차게 도약했다. 이제 디딜 수 있는 나무는 하나뿐이다.

'제기랄! 이럴 때 날개라도 달려 있다면……'

속으로 욕설이 저절로 나왔다.

그 순간 그는 자신이 방금 속으로 한 말 중에서 '날개'라는 말에 번쩍 정신이 들었다.

청, 적삼족오의 실제 형상은 까마귀다. 즉, 날개가 있다. 날개가 있는 것은 날 수 있다.

'그래! 삼족오를 형상화한다면?'

그런데 문제가 하나둘이 아니다. 삼족오를 어떻게 형상화할 것이며, 또한 형상화한 삼족오를 어떻게 이용해야지만 저분지를 건널 수 있는지가 문제다. 그러나 궁즉통(窮卽通), 궁하면 통한다.

'나 스스로 삼족오가 되자.'

삼족오를 형상화해서 어떻게 해보는 것이 아니라 대무영 자신이 삼족오화(三足烏化)해 보자는 기발하면서도 말도 안 되는 발상을 했다.

사람이 궁지에 몰리면 평소에는 생각한 적도 없는 것들까지도 다 떠오르고 시도를 한다.

여태까지는 청, 적삼족오를 천지검이나 손을 사용해서 발출했었으나 이번에는 청, 적삼족오를 발출하는 것이 아니라 자신이 삼족오가 되겠다는 것이다.

한 번도 시도해 본 적이 없었을 뿐만 아니라 망상에 가까운 방법이다.

이제 마지막 하나뿐인 나무를 딛고 도약해서 삼족오화를 전개하여 실패한다면 그대로 분지에 추락하고 말 것이고, 최악의 상황으로 치닫게 될 터이다.

자신이 없다면 마지막 나무 꼭대기에서 멈춰야 하지만 그러기는 싫다.

'될 것이다! 아니, 된다! 해보자!'

그렇지만 그는 최악의 상황 따윈 생각하지 않고 하면 된다는, 하고야 말겠다는 확신을 가졌다.

지금까지의 그의 삶이 그랬듯이, 매사에 확신을 갖지 못했다면 오늘날 그는 존재하지 않았을 것이다.

지금은 겨울이고 또 마침 함박눈이 펑펑 내리고 있으므로 청삼족오를 활용하기로 했다.

마지막 도약대로 삼은 나무와의 거리가 오 장쯤 남았을 때 그는 체내에서 청삼족오를 끌어올리자마자 자신의 몸을 뒤덮어 버렸다.

후우…….

그런데 한 번도 해보지 않았던 시도라서 청삼족오의 푸른 빛이 그의 몸에서 뿜어져 전방으로 쏘아나갔다. 이래서 습관은 무서운 것이다.

체내에 있는 청삼족오의 기운을 몸 밖으로 발출하는 것은 많이 해봤으나 그것으로 몸을 뒤덮는 것은 처음이라서 벌어진 웃지 못할 실수다.

'우웃! 이건 아니다!'

그는 무서운 속도로 쏘아가고 있는 청삼족오를 즉시 회수했다. 그러자 청삼족오는 어느새 그의 체내로 다시 스며들어 버렸다.

탓!

그즈음 그는 마침내 마지막 나무 꼭대기를 딛고 힘차게 마지막 도약을 하며 허공으로 힘차게 솟구쳤다.

이제 청삼족오를 딱 한 번 끌어낼 시간적 여유뿐이고 그것이 최후의 시도가 될 것이다.

만약 실패하면 분지, 아니, 무저갱 같은 나락으로 굴러 떨어지고 말 터이다.

그렇지만 조금 전하고 똑같은 방법이면 또다시 실패하는 것은 불을 보듯이 뻔하다.

어떻게든 다른 방법을 강구해야 한다. 그것도 지금 당장 하지 않으면 끝장이다.

'막(幕)을 친다!'

청삼족오를 끌어내기 직전에 외공기로 몸 전체에 보이지 않는 막을 형성하자는 것이다.

그렇게 하면 끌어 올린 청삼족오가 외공기에 막혀서 발출되지 않을 것이고, 또한 체내로 다시 회수되지도 않을 것이라는 생각이다.

물론 지금으로썬 한낱 이론에 불과하지만 지금으로썬 이 방법뿐이다. 모든 실행은 이론에서 시작한다.

허공 십여 장 높이를 날아가고 있던 그의 몸이 오 장으로 비스듬히 떨어지고 있다. 지금 시도하지 않으면 기회는 영원히 없다.

정신을 바짝 차리고 외공기에 이어서 청삼족오를 거의 같은 순간에 끌어 올렸다.

후아아…….

그러자 다음 순간 놀라운 일이 벌어졌다. 끌어 올려진 청삼족오가 외공기에 막혀서 발출되지 못하자 찰나지간 그의 온

몸을 뒤덮어 버렸다.

처음에는 그의 모습이 엷은 청광(靑光)에 감싸여져서 푸르게 빛나기만 했으나 곧 청삼족오의 기운이 더 가미되면서 마침내 그의 모습은 사라지고 다만 커다란 한 마리 빛나는 청삼족오의 모습으로 화했다.

분지를 새카맣게 덮은 채 북쪽으로 향하고 있는 수백 명의 적 머리 위 이 장까지 하강하고 있던 청삼족오는 갑자기 커다란 날개를 펼치는가 싶더니 힘차게 저으면서 쑥쑥 위로 비상(飛上)했다.

'성공이다!'

대무영은 내심 기쁨의 탄성을 터뜨렸다. 자신을 삼족오화해서 나락에 떨어지는 것을 모면했다는 사실보다는, 새로운 미지의 놀라운 수법 하나를 창조해 냈다는 기쁨이 훨씬 더 컸다. 그것은 그가 무인이기 때문일 것이다.

'아아… 이런 기분이라니……'

청삼족오로 화한, 아니, 청삼족오와 일체(一體)가 된 대무영은 창공으로 높이 날아오르면서 뭐라고 설명하기 어려운 최상의 상쾌함을 맛보았다.

그것은 창공 높이 날고 있어서가 아니라 청삼족오와 일체가 되었기 때문에 느끼는 묘한 기분이다.

지금의 기분은 청삼족오를 체내에 담고 있을 때하고는 전혀 다르다.

그때는 강인한 힘이 느껴졌었는데 지금은 청삼족오의 기운이 전신의 모공과 피부로 스며들면서 육체가 사라지고 정신만 남아 있는 듯한 극상의 느낌이었다.

이윽고 그가 날갯짓을 잠시 멈추고 날개를 활짝 펼친 상태에서 비행을 하며 아래를 내려다보니 적들의 모습은 보이지 않았다.

그리고 그토록 크고 넓게만 느껴졌던 야산이 손바닥만 한 크기로 보였다.

너무 흥분해서 자신도 모르는 사이에 지상에서 수백 장이나 날아올랐기 때문이다.

'이대로 유계구까지 가자.'

그는 기분이 한껏 고조되어 세상을 다 가진 것만 같았다.

지금 이 순간만큼은 자신의 처지도 잊은 채 청삼족오가 되어 신비로운 능력을 만끽했다.

'발해, 아니, 고구려는 실로 위대하다!'

그런 생각이 들면서 가슴이 벅차서 터져 버릴 것만 같았다.

그러면서 그 위대한 고구려의 맥(脈)이 절대로 끊어지지 않도록 하는 것이 자신의 사명이라는 사실을 새삼스럽게 절감했다.

포위망을 완전히 벗어난 대무영은 잠시 씻기 위해서 초원을 가로질러 흐르는 맑은 계류 옆에 내려섰다.

야산에서 죽인 이백여 명이 뿜어낸 핏물 때문에 그의 모습은 혈인으로 변해 있었다.

청삼족오로 화해서 목적지까지 계속 가고 싶지만 피가 굳으면서 온몸을 옭죄어 답답했기 때문에 잠시 계류에서 씻고 가려는 것이다.

또 다른 이유도 있다. 청삼족오로 화해서 비행하는 것이 생각했던 것보다 기력이 많이 소모됐다.

이곳까지 대략 삼십여 리쯤 날아왔다고 생각하는데 마치 짓뭉개기를 연속으로 두 번이나 전개한 것처럼 엄청난 기력 소모가 있었다.

그렇더라도 위기의 순간에는 청삼족오로 화해서 비행하는 것보다 나은 방법은 없다.

또 하나의 이유는 아까 야산에서 경황 중에 전개하여 청삼족오와 일체가 됐던 일을 다시 한 번 제대로 시도해 보려는 것이다.

그것이 우연하게 이루어진 것이 아니라 그의 의지와 이론에 의해서 제대로 전개됐다는 사실을 확인하려는 것으로 매우 중요한 일이다.

함박눈까지 펑펑 내리는 한겨울의 추운 날씨지만 그는 옷을 입은 채 계류로 들어가서 세수를 하고 여유 있게 헤엄을 치면서 옷을 빨았다.

계류 밖으로 걸어 나오던 그는 한 가지 좋은 생각이 났다. 적삼족오의 기운을 조금만 끌어올려서 젖은 옷과 몸을 말려 보자는 것이다.

만약 적삼족오의 기운을 조금이라도 많이 끌어올리면 옷이 타버릴 것이라서 아주 조금만 끌어올려야 한다.

스우우…….

잠시 후 계류 가에 서 있는 그의 몸에서 엷은 수증기가 피어나더니 점점 뽀얗게 짙어지면서 오래지 않아 옷이 보송보송하게 다 말랐다.

"하하! 좋구나!"

아까 청삼족오와 일체가 돼서 포위망을 탈출했을 때부터 일이 술술 잘 풀리는 것 같아서 그는 기분이 좋아 혼자 너털웃음을 터뜨렸다.

"뭐가 그리 좋은 게냐?"

그런데 그때 그의 뒤쪽에서 청아하고 맑은 여자의 목소리가 느닷없이 들렸다.

그는 움찔 놀라 급히 몸을 돌렸다. 포위망을 완전히 벗어났다고 확신했기에 계류에서 몸과 옷을 씻고 또 젖은 옷을 말리는 등 크게 방심을 했다.

그러나 아무리 그렇다고 해도 낯선 사람이 이렇듯 지척까지 접근하는 동안 전혀 감지를 하지 못했다니 상대는 초절고수가 분명하다는 생각이 몸을 돌리는 짧은 순간에 뇌리를 스쳤다.

'어?'

몸을 돌린 그는 오 장 앞 계류의 그리 높지 않은 둑 위에 나란히 서서 자신을 주시하고 있는 일남일녀를 발견하고 내심 가볍게 놀랐다.

일남일녀, 뜻밖에도 그들은 천무천인의 첫째와 둘째제자이며 주지화의 사형과 사저인 무일쌍절이 분명했다. 즉, 무상절 사도헌과 일편절 나운정이었다. 대무영이 그들의 모습을 잊을 리가 없다.

그러나 두 사람을 발견한 대무영은 놀라지 않았다. 오히려 과거 자신이 그들에게 당했던 일이 생각나서 내심 은은한 분노가 치밀어 올랐다.

일 년하고도 반년 전, 그가 주지화와 함께 무당파를 떠나서 남하하며 형산을 지나고 있을 때였다.

갑자기 나타난 무일쌍절에게 대무영과 주지화는 변변하게 반항도 하지 못한 채 형편없이 당하고 말았었다.

그 일로 인해서 기억을 잃어버린 주지화는 사부 천무천인이 있는 곳으로 끌려갔으며, 대무영은 일편절 나운정에게 중상을 당한 상태에서 적사파울에게 은자 오백만 냥을 낸 진명군이라는 자를 만나 가슴에 일검을 맞고 천 길 낭떠러지로 추락을 했었다.

대무영은 그동안 수많은 싸움을 했었으나 그때만큼 처절하도록 형편없이 당하고 또 중상을 입었던 적은 없었다. 그래서 그 일은 그때 이후 가장 큰 가슴속의 화인(火印)으로 남아 있었다.

대무영은 여유를 되찾고 천천히 주위를 둘러보았다. 그러나 무일쌍절뿐 아무도 없었다.

무일쌍절이 어떤 연유로, 그리고 어떻게 해서 이곳에 나타났는지는 모르지만 대무영은 복수를 할 수 있는 이 절호의 기회를 놓치고 싶지 않았다.

"네놈이냐? 난마를 죽인 자가?"

무일쌍절은 천천히 둑에서 내려와 대무영을 향해 걸어오는데, 그중 나운정이 마치 한 마리 벌레를 대하듯 대무영을 보면서 싸늘한 어조로 내뱉었다.

말하는 것을 보니까 그녀는 대무영을 알아보지 못하는 것이 분명했다.

하긴, 그녀는 일 년 반 전 형산에서 잠시 대무영을 봤었던 것뿐이고, 더구나 지금 대무영은 수염을 잔뜩 길렀으며 그때에 비해서 훨씬 어른스러워졌으므로 알아보지 못하는 것이 당연했다.

그녀가 그럴 텐데 무상절 사도헌은 더욱 대무영을 알아보지 못했다.

"난마가 누구냐?"

대무영은 난마가 누군지 소매전사들에게 들었으나 일부러 모른 체했다.

그는 무일쌍절 특히 나운정에 대해서 지독한 악감정을 품고 있으므로 입가에 싸늘하면서도 비릿한 조소를 머금고 되물었다.

예상치도 않게 대무영의 오만한 반응에 나운정의 초승달 같은 아미가 상큼 꺾였다.

"마차를 몰던 자가 난마다. 네놈이 죽였느냐?"

"그걸 왜 내가 네년에게 대답해야 하느냐?"

"뭐?"

나운정은 화를 내기보다는 어이없는 표정을 지었다. 상대에게 대뜸 '네년'이라는 욕을 들었기 때문이다. 그녀는 지금껏 그런 욕을 한 번도 들어본 적이 없었다.

아니, 있었다. 일 년 반 전 형산에서 어떤 버릇없는 놈에게 그런 욕을 들었으며 그를 죽이지 못했던 것을 두고두고 후회하고 있었다.

그 버릇없는 놈이 지금 눈앞에 있는 대무영이라는 사실을 그녀는 꿈에서도 상상하지 못하고 있다.

"입이 거칠구나."

가만히 있던 사도헌이 대무영을 꾸짖었다.

대무영은 턱으로는 나운정을 가리키고 눈으로는 사도헌을 보며 조소하듯이 물었다.

"너는 저년이 먼저 내게 '네놈'이라고 한 말을 듣지 못했느냐? 그래서 나도 '네년'이라고 답한 것인데 그게 잘못이라는 말이냐?"

사도헌은 입이 열 개라도 할 말이 없었다. 분명히 나운정이 대무영에게 먼저 '네놈'이라고 말했기 때문이다. 즉, 가는 말이 고우면 오는 말도 곱다는 것이다.

여기에서 사도헌이 나운정의 편을 든다면 그녀는 욕을 해도 되고 대무영은 안 된다는 후안무치한 상황이 성립이 되기에 그는 할 말이 없는 것이다.

"이놈이 죽고 싶으냐?"

도도한 나운정은 아직도 자신의 잘못을 인정하지 않고 살기등등해서 외쳤다.

대무영은 다리를 벌리고 우뚝 서서 전혀 기죽지 않았다.

"이 개년아. 네년은 어째서 입에서 똥만 토해내는 거냐? 뱃속이나 대갈통에 똥밖에 들어 있지 않은 것이냐? 내가 네년의 머리와 배를 갈라서 똥을 꺼내주랴?"

"너… 이… 이…⋯."

나운정은 상상조차 할 수 없는 엄청난 욕을 들은 탓에 얼굴이 새빨개져서 말도 하지 못했다.

대무영은 한 번 더럽혀진 입이라서 그 다음부터는 더 심한 욕이 거침없이 쏟아졌다.

"만약 네년이 한 번만 더 버릇없이 굴면 나야말로 네년의 가랑이를 찢어 죽이겠다. 알았느냐? 그렇게 죽고 싶지 않으면 네발로 기어와서 내 발바닥을 핥으면서 용서를 빌어라."

대무영으로서는 이렇게 지독한 욕을 하는 것이 난생처음 있는 일이다.

그러나 그는 후회하지 않았다. 저런 년은 이런 식으로 대해야 한다고 생각했다. 더구나 욕을 퍼붓고 나니까 속이 어느 정도 후련해졌다.

나운정은 너무나 놀라고 분해서 어찌할 바를 모르고 눈물을 글썽이면서 발만 동동 굴렀다.

"너… 이놈… 정말로⋯."

그녀는 원래 욕 같은 것을 모르기 때문에 욕으로는 대무영을 당해낼 재간이 없었다.

가랑이를 찢어 죽이겠다니, 그런 말을 들어본 적도 없으며 단지 상상하는 것만으로도 자신의 가랑이가 실제로 찢어지는 것처럼 소름이 촥 끼쳤다.

"사형······."

결국 그녀는 하소연하듯이 사도헌에게 도움을 청했다.

사도헌은 예의 바르고 정의로운 청년이다. 그가 보기에 설혹 나운정이 먼저 욕을 했다고 해도 대무영의 대응은 도를 넘어선 것 같았다. 하지만 그는 이 진흙탕 같은 말싸움에 끼어들고 싶지 않았다.

"다시 묻겠다. 네가 난마를 죽였느냐?"

그래서 사도헌은 화제를 바꾸었다. 그가 예의를 차린다고 해도 거기서 거기다.

욕을 하지 않을 뿐이지 하대를 하는 것은 나운정이나 같았다. 기본적으로 그 자신도 대무영을 하찮은 존재로 여기고 있기 때문이다.

대무영은 팔짱을 끼고 사도헌을 쳐다보았다.

"그렇다. 내가 죽였다."

대무영이 일단 시인하자 사도헌과 나운정의 표정이 금세 달라졌다.

생사혈류 난마는 쟁천십이류의 세 번째 등급인 신위다. 절대인 무일쌍절보다 한 등급 아래의 절정고수로서 강호 전체로 치면 이십대 고수 안에 들 정도다.

눈앞에 우뚝 서 있는 대무영이 난마를 죽였으며 지금까지 승무단 고수와 이 지역 방, 문파의 고수와 무사를 무려 이천여 명 가까이 죽였다는 사실을 확인했기 때문에 사도헌과 나운정은 은연중 긴장하는 것과 동시에 분노가 치솟고 있는 것이다.

"너를 천성관으로 데려가야겠다."

사도헌이 지금까지와는 달리 엄숙한 얼굴로 말했다.

"나는 갈 길이 바빠서 그리 못하겠다."

"그렇다면 무력을 쓸 수밖에,"

"푸핫핫핫핫! 실로 가소롭구나!"

대무영이 갑자기 고개를 젖히고 대소를 터뜨리자 사도헌은 불쾌한 듯 미간을 좁혔다.

"뭐가 가소롭다는 것이냐?"

"그 마차에 타고 있던 여자는 원래 내 여자다."

전혀 뜻하지 않은 말에 사도헌과 나운정은 움찔했다. 그럴 것이라고는 추호도 생각해 본 적이 없었다. 그러거나 말거나 대무영은 같잖다는 듯 말을 이었다.

"나는 실종됐던 내 여자를 찾으려고 천하를 헤매다가 겨우 그녀가 합비에 있다는 사실을 알아내고 찾아왔으나 누군가 그녀를 데려갔다는 또 다른 사실을 알게 되었다."

사도헌은 자못 진지하게 듣고 있으나 나운정은 들을 가치도 없다는 듯 그의 말을 자르려고 했다. 그러는 것을 사도헌이 손을 뻗어 제지했다.

대무영은 길게 설명하는 것이 귀찮았으나 자신의 설명을 다 듣고 나서 과연 이들이 뭐라고 대응하는지 듣고 싶었다. 또한 자신이 얼마나 정당하며 그들이 얼마나 억지를 부리고 있는지를 깨닫게 해주고 싶었다.

내가 옳고 너희가 잘못됐다는 사실을 알려주려는 것이다. 그러면서 내심으로 그들이 조금쯤은 상식적인 사람이기를 바랐다.

"그래서 그들을 뒤쫓았다. 그런데 애초에 그녀를 데려갔던 자는 어디론가 사라지고 너희가 말하는 난마라는 자가 그녀를 데리고 있었다. 내가 그녀를 데려가려고 하자 난마가 다짜고짜 나를 죽이려고 했다. 그래서 내가 그를 죽였다. 그를 죽이지 않았으면 내 여자도 찾지 못했을 테고 오히려 내가 죽었을 것이다."

대무영은 흐릿하면서도 냉혹하게 미소 지었다.

"자. 이제 내가 뭘 잘못했는지 가르쳐다오."

"나쁜 자식! 거짓말만 늘어놓고……."

나운정이 뾰족하게 외치자 사도헌이 또다시 손을 뻗어 그녀의 말을 가로막았다.

"지금 한 말이 사실이냐?"

"너희 사부가 천무천인이라는 것만큼 분명한 사실이다."

"이 자식이?"

나운정이 또 발끈했으나 사도헌에게 제지당했다. 사도헌으로서는 대무영의 말투가 곱지 않지만 그의 비유는 틀린 말은 아니다.

무일쌍절의 사부가 천무천인이라는 사실은 천하가 다 아는 사실이다.

대무영은 그것에 빗대서 자신의 설명이 사실이라고 말한 것뿐이다.

만약 그의 말이 사실이라면 그는 추호도 잘못한 것이 없다. 자신의 여자를 찾으려는 것도, 그 여자를 구하려는 것도, 그것을 방해하고 오히려 죽이려고 하는 자, 즉 난마를 죽인 것도 결코 죄가 될 수 없다.

사도헌은 자신이 알고 있는 정황으로 미루어 봤을 때 대무영의 말이 사실이라고 생각했다.

오히려 지금 벌어지고 있는 이 짓은, 난마를 죽인 것에 대한 복수와 천화 태자가 한눈에 반한 여자를 되찾아주려는 맹목적인 배려가 빚어낸 우스운 촌극일 뿐이다.

그리고 그런 명령을 내린 사람은 사도헌의 하늘같은 사부인 천무천인이다.

천무천인은 또한 난마를 죽인 자를 죽이고 납치당한 여자를 되찾아오라는 명령을 내렸다.

이윽고 사도헌은 가볍게 고개를 끄떡였다.

"너의 말은 잘 들었다. 내 생각에도 너는 잘못이 없는 것 같구나."

대무영은 뜻밖이라는 표정을 지었다. 설마 사도헌이 자신을 옹호해 줄 것이라고는 예상하지 않았기 때문이다.

"사형!"

나운정이 빽 고함을 질렀다. 대무영의 의형인 백당, 그리고 사도헌과 더불어서 쟁천십이류 절대이며 쟁천삼절이라고 불리는 미녀가 나운정이다.

이십삼사 세 정도의 나이. 대무영이 형산에서 처음 봤을 때처럼 울긋불긋한 비단 화의를 입었으며, 땅에 끌리는 화려한 꽃무늬의 긴 비단 치마를 입었다. 화려한 옷차림을 즐겨 입는 것 같았다.

눈이 번쩍 뜨일 만큼 아름다운 용모인데, 특이한 것은 눈매가 아주 검으며 우수에 젖은 듯하고, 콧날이 매우 오뚝했으며, 살결이 백옥처럼 희고 투명해서 마치 속이 훤히 내비칠 것만 같았다.

또한 괴춤에 둘둘 말린 새카만 색의 채찍을 매달고 있었다. 과거 그 채찍으로 대무영에게 중상을 입혔었다.

그녀는 분을 못 참고 하얀 얼굴이 더욱 새하얗게 변해서 바들바들 떨고 있다.

"지금 저따위 놈을 두둔하는 건가요?"

사도헌은 그녀의 말에 개의치 않고 대무영을 주시하며 자신의 할 말을 했다.

"그러나 그것은 내 생각일 뿐이다. 내 개인적인 일을 할 때는 내 생각이 중요하지만, 사부님의 명령을 수행할 때는 내 생각 따윈 전혀 중요하지 않다."

대무영은 그러면 그렇지 하는 비웃음을 머금었다.

"사부의 명령이 잘못된 것이라고 생각하면서도 따르겠다는 것이냐?"

"거듭 말하지만 내 생각 따윈 중요하지 않다. 사부님의 명령은 모든 것에 우선한다. 지금 이 순간에도 말이다."

"푸후후… 개 같은 사부에 개 같은 제자로군."

사도헌은 사부를 모욕했다고 길길이 날뛰는 짓 같은 것은 하지 않았다.

이때만큼은 나운정도 화내지 않았다. 그녀는 바보가 아니라 성격이 급하고 오만할 뿐이다.

지금 돌아가는 상황을 보고 자신들이 다분히 억지를 쓰고 있다는 사실을 자각했기에 씁쓸한 기분이 드는 것을 참고 있는 것이다.

# 第九十四章

## 죽은 자와 남은 자

사도헌은 예의 바르고 정의로운 사람이지만, 그보다 앞서 사부를 신처럼 존경한다. 그러므로 그의 예의와 정의는 한낱 장식품에 불과하다.

"너의 선택은 두 가지다. 순순히 제압되든가, 아니면 우리 손에 죽는 것이다."

사도헌의 말인즉 대무영 더러 두 가지 중에 하나를 선택하라는 것이다.

"여자는 어디에 있느냐?"

사도헌은 다른 것을 물었다. 천무천인이 내린 또 하나의 명령, 즉 여자를 되찾는 것 때문이다.

대무영은 그의 질문을 무시했다. 대신 사도헌과 나운정을 어떻게 상대할 것인지에 대해서 궁리했다.

사도헌과 나운정은 의형 백당과 함께 쟁천삼절이라고 불리는 초절고수다.

대무영이 이들과 싸운다는 것은 두 명의 백당하고 싸우는 것이나 다름이 없다.

두 명과 동시에 싸우는 것은 대무영으로선 불리한 정도가 아니라 백전백패다.

그는 백당에게 짓뭉개기를 전개해서 겨우 이겼으나 그 직후에 기력이 고갈되어 천지검을 쥐고 서 있을 힘조차도 남아 있지 않았었다.

지금 이들과 싸운다면 짓뭉개기로 승부를 내야 하는데 한 명을 죽이거나 제압한 후에 다른 한 명이 그를 공격하면 속수무책일 수밖에 없다.

그래서 그는 어떻게 하면 제대로 두 명을 상대할 수 있을지 고심하고 있는 것이다.

결국 그는 고심 끝에 한 가지 방법을 생각해 냈다. 좀 비열한 술수지만 우선 나운정을 분노하게 해서 이성을 잃게 만든 다음에 짓뭉개기로 그녀를 제압해야겠다는 계획이다. 즉, 격장지계(激將之計)인 것이다.

이후 그녀를 인질로 삼아서 고갈된 기력을 회복한 후에 사도헌을 상대한다는 것이다.

그는 나운정을 보면서 진한 비웃음을 흘렸다. 이제 자신이 말할 내용에 나운정이 반응할 것을 예상하니까 저절로 미소가 피어올랐다.

"계집애야. 사타구니는 괜찮으냐?"

"……."

순간 나운정은 움찔했다. 사실 그녀는 사타구니에 심각한 결함이 있는 몸이다.

일 년 반 전 어느 날, 형산에서 사부의 명령으로 사매 주지화를 데려가려는 와중에 그녀와 함께 있던 대무영이라는 놈을 혼내주었는데 잠시 방심하는 틈에 그가 괴이한 수법을 전개했던 적이 있었다.

그로 인해서 그녀는 오른쪽 발목부터 위쪽으로 종아리와 무릎, 허벅지, 심지어 옥문까지 피부가 심하게 비틀려지고 말았었다.

사실 그것은 대무영이 나운정의 채찍에 만신창이로 당하다가 발작적으로 십단금의 와념수를 전개했던 것인데 방심하고 있던 나운정이 제대로 당한 것이다.

그 상처를 입은 후에 그녀는 약이라는 약은 다 써보고 침이나 뜸 등 천하에서 유명한 온갖 방법을 다 사용해 봤으나 한 번 뒤틀린 오른쪽 다리의 피부는 원래의 백옥 같은 살결로 돌아오지 않았다.

천성관 내에서는 그녀의 오른쪽 다리가 흉하게 뒤틀렸다는 사실을 아무도 모르고 있다. 자존심이 강한 그녀가 아무에게도 말하지 않았기 때문이다.

만약 그 사실을 누가 안다면 그녀는 자존심과 명예에 큰 상처를 당해서 그를 죽이든지 아니면 자결을 하고 말았을 것이다.

사부 천무천인도, 그리고 사도헌도 모른다. 그녀는 아무에게도 말하지 않고 틈만 나면 천하를 돌아다니면서 다리를 고칠 방법을 찾아 헤맸었다.

그녀가 아무에게도 자신의 상처에 대해서 말하지 못하는 이유가 있다.

단지 다리만 흉측해진 것뿐이라면 사람들에게 얼마든지 말하고 보여주었을 것이다.

하지만 문제는 옥문이다. 당시 대무영의 와념수는 그녀의 발목에서 훑어 올라 옥문에서 그쳤었다.

정확하게 설명하자면 옥문 오른쪽이 짓이겨져 흉측한 모습으로 변했다.

그쪽에는 음모, 즉 털도 나지 않는다. 더 심한 것은 소변을 제대로 볼 수도 없을 정도라는 것이다. 옥문은 누구에게 보이지는 않지만 신체에서 가장 중요한 역할을 담당하는 기관이다.

그런데 죽어서도 잊지 못할 가장 치명적인 약점을 방금 대무영이 언급한 것이다.

나운정은 온몸이 극도로 긴장하여 대무영을 쏘아보았다. 그때까지만 해도 그녀는 대무영이 뭘 알고서 그런 말을 했다고는 생각하지 않았다.

그런데 어째서 하필이면 사타구니라는 말을 한 것인가, 그런 지저분한 앙금이 남아 있기는 했다.

대무영은 잔인하게 미소를 지었다.

"후후후… 그 지경이 돼가지고서 어찌 오줌은 제대로 싸고 있느냐?"

'허억!'

대무영이 다시 이죽거리자 나운정은 너무 놀라서 심장이 멈추는 줄 알았다.

이번 것은 대무영이 그냥 해본 말이 아니다. 오줌은 제대로 싸고 있느냐니, 그것은 절대로 그녀의 속사정에 대해서 모르고서는 할 수 없는 말이다.

"너……."

나운정은 너무 놀라고 충격을 받아서 얼굴이 창백하게 질려 버렸다.

대무영은 오른손을 들어 올려 물갈퀴처럼 손가락을 벌려 보이고는 아래에서 위로 훑는 동작을 취했다.

"그때 너한테 두들겨 맞다가 정신없이 훑었는데 마지막에 내 손끝이 네 사타구니에 멈춰 있더구나."

"아아……."

나운정은 바들바들 온몸을 떠는데 두 눈에서는 방울방울 눈물이 굴러 떨어졌다.

그녀는 눈앞에 서 있는 저 거만하고 무례한 사내가 자신에게 죽어서도 잊지 못할 흉터를 새겨준 그자라는 사실을 마침내 알게 되었다.

원한과 분노, 그리고 원수를 다시 만나 복수를 할 수 있게 되었다는 반가움 따위가 혼재되어 그녀는 가슴이 터질 것만 같았다.

"지금 생각해도 그때 네 사타구니를 아예 거덜을 내버리지 못한 것이 후회가 되는구나."

"흐윽! 나쁜 놈."

나운정은 자신이 알고 있는 최고의 욕을 하며 눈물을 멈추지 못했다.

대무영이 사타구니 얘기를 한 순간부터 옥문이 찌릿거리더니 지금은 마치 불로 지지는 것처럼 화끈거리면서 잊었던 통증이 엄습했다.

사도헌은 두 사람이 무슨 말을 하는 것인지 전혀 알아차리지 못했다.

사매 나운정이. 과거에 다쳤었다는 사실도 모르고 사타구니라든지 오줌에 대해서는 더더욱 알 수가 없다.

파아—

"죽어버렷!"

순간 나운정이 느닷없이 일직선으로 대무영에게 짓쳐가면서 어느새 손에 움켜쥔 채찍 흑선편(黑仙鞭)을 무시무시하게 휘둘렀다.

쓰와아앗—

대무영의 격장지계는 훌륭하게 성공했다. 그는 나운정이 분기탱천하여 이성을 잃고 급습할 것이라고 예상했기 때문에 만반의 준비를 갖추고 있었다.

그러나 채찍이 머리와 상체를 향해서 빛처럼 빠르게 쏘아오는 것을 보고 예상보다 훨씬 빠름에 움찔했다.

일 년 반 전에 그녀는 대무영을 상대할 때 전력을 다하지 않았었던 것이다.

지금 채찍의 속도는 그때보다 최소한 서너 배는 더 빨랐다. 대무영은 일 년 반 전 나운정의 실력을 머릿속에서 계산하고 있었던 것이다.

'지독하게 빠르다.'

그는 감히 방심하지 못하고 나운정의 왼쪽으로 번쩍 신형을 날리며 천지검을 뽑았다. 그쪽으로 피하면서 동시에 반격을 하려는 것이다.

짜아악!

"큭!"

그러나 흑선편의 속도는 대무영이 생각했던 것보다 훨씬 더 빨랐다.

철저한 계산착오다. 그리고 그 대가는 흑선편 끝부분이 등 한복판에 적중되는 것이었다.

꿍!

그는 몸이 두 쪽으로 갈라지는 극심한 통증을 맛보면서 십여 장이나 날아가 계류에 우뚝 솟아 있는 커다란 바위에 머리를 호되게 부딪쳤으며 그 순간 정신이 아득해지면서 혼절의 늪으로 빠져들었다. 얼마나 지독한 일격이면 단 한 대에 혼절을 할 정도겠는가.

첨벙!

그렇지만 물로 떨어진 그는 정신이 번쩍 들었다. 만약 그가 떨어진 곳이 차가운 물이 아니었으면 정신을 잃고 말았을 것이다.

그는 계류 한가운데 우뚝 솟은 바위 옆에 얼굴을 위로 한 자세로 허벅지 깊이 물속에 누운 채 눈을 감고 있었다.

등에 전력으로 휘두른 흑선편을 정통으로 맞고 또 머리를 바위에 부딪친 충격이 컸으나 중상은 아니다.

그의 몸은 금강불괴지신은 아니더라도 그에 가까운 신체이기 때문에 만근 거암을 가루로 만드는 나운정의 채찍질을 견딜 수 있는 것이다.

지금 그가 물속에 죽은 체하고 누워 있는 이유는 나운정을 유인하기 위해서다.

애초에 그는 짓뭉개기로 그녀를 제압할 계획이었으나 방금 전 물속에서 정신이 번쩍 들었을 때 반사적으로 좋은 생각이 떠올라 계획을 변경했다.

짓뭉개기는 너무 가공해서 어쩌면 그녀가 죽을지도 모르기 때문에 다른 방법, 즉 가까이 유인해서 기회를 포착하여 제대로 제압하자는 것이다.

그녀를 제압해야지만 그 다음에 짓뭉개기로 사도헌을 상대할 수 있기 때문이다.

그러나 위험은 있다. 만약 나운정이 그를 확실하게 죽이기 위해서 또 한 번의 살수를 전개한다면 그는 물속에 누운 상태에서 고스란히 당할 수밖에 없다. 이것은 먹느냐 먹히느냐의 모험이다.

나운정은 번쩍 신형을 날려 대무영이 있는 곳으로 곧장 쏘아왔다.

"정아! 조심해라!"

대무영이 잔인하고 냉혹하다는 사실을 감지한 사도헌이 급히 외쳤으나 나운정은 개의치 않고 허공에서 대무영을 향해 내려꽂히며 재차 흑선편을 휘둘렀다.

과연 그녀는 대무영이 일격에 죽거나 혼절하지 않았을 것이라고 생각한 듯했다.

슈와아아—

날카로운 파공음이 물을 통해서 대무영의 귀로 전해졌다. 일촉즉발의 짧은 순간 그는 갈등했다.

한 번 더 채찍질을 당할 것인가 아니면 지금 뛰쳐나가 맞서 싸울 것인가이다.

쩌어억!

그러나 지독하게 빠른 채찍질은 그가 생각을 끝낼 때까지 기다려 주지 않았다.

흑선편이 이번에는 누워 있는 그의 가슴을 무지막지하게 강타했다.

중간에 반 자 깊이의 물이 있었으나 조금도 완충 역할을 해주지 못했다.

가슴이 가로 두 뼘 길이로 쩍 갈라져 피가 뿜어지면서 계류를 시뻘겋게 물들였다.

두 번째 채찍질을 당할 때 그는 마치 산 하나가 통째로 가

습을 짓누르는 압력과 몸이 갈가리 찢어지는 고통을 느꼈으
나 신음조차 내뱉지 않았으며 이미 죽은 시체처럼 요지부동
꼼짝도 하지 않았다.

슛…….

나운정은 가슴에서 피를 쏟고 있는 대무영 바로 옆 수면에
사뿐히 내려섰다.

그녀의 두 발은 물에 빠지지 않았고 다만 긴 치마만 물에
젖었다.

눈을 밟아도 발자국이 남지 않는다는 전설적인 답설무흔(踏
雪無痕)의 고절한 수법이다.

나운정은 너무 분해서 눈물을 멈추지 못하면서 입술을 깨
물며 대무영을 노려보았다.

대무영은 물속에 누운 채 눈을 감고 꼼짝도 하지 않았다.
갈라진 가슴에서 흘러나오는 피는 잠시 후에 멈추었다.

그래도 나운정은 눈도 깜빡이지 않고 그를 노려보았다. 그
녀가 보기에 그는 죽은 것 같았다.

난마를 죽인 그가 이렇게 쉽게 죽었다는 사실이 좀 이상하
긴 했다.

워낙 교활하고 잔인한 놈이니까 죽은 체하고 있는 것일 수
도 있다는 생각이 들어서 조금 더 지켜보는 게 좋겠다는 생각
이 들었다.

조금 더 시간이 흐르자 그녀는 자신이 급습을 가했으며 전력을 다해 펼친 최고의 수법에 두 번이나 당했으므로 그가 아직 살아 있다면 오히려 그것이 이상할 것이라는 생각이 더 강하게 들었다.

그녀의 채찍질은 반 자 두께의 철판을 종잇장처럼 찢어발기는 위력이 있기 때문이다.

그러나 후회가 밀려들었다. 이렇게 간단하게 죽어버릴 줄은 정말 몰랐었다.

숨이 붙어 있을 때 최악의 고통을 느끼도록 해줘야 하는데 죽어버렸으니까 속이 불타 버릴 것 같은 이 분노와 원망은 이제 누구에게 풀어야 한다는 말인가.

아직도 대무영이 누군지 모르고 있는 사도헌은 계류 가에서서 묵묵히 기다려 주었다.

그가 지켜본 바에 의하면 나운정 혼자서 충분히 감당할 수 있을 것 같았다.

다만 대무영과 나운정이 과거에 만난 적이 있으며 그때 두 사람 사이에 원한 관계가 맺어졌을 것이라고 막연히 추측할 뿐이다.

그렇게 반각 정도의 시간이 흘렀다. 물속에 반각 넘게 잠겨서 꼼짝도 하지 않는 대무영은 죽은 것이 분명했다.

하지만 그때까지도 나운정은 분이 조금도 풀리지 않았다.

그렇다고 해서 죽은 시체에게 분풀이를 할 정도로 그녀는 모진 성격이 아니다.

하지만 대무영은 목에 걸고 있는 어천이 피수 작용을 하기 때문에 물속에서도 숨을 쉴 수가 있다. 어천이 그의 얼굴 주위에 동그란 기포를 만들었지만, 이곳은 물살이 세서 여기저기에서 기포가 많이 만들어졌기에 의심을 살 만한 광경은 아니었다.

계류의 물살 때문에 나운정의 긴 치맛자락 밑단이 물속에서 흐느적거리면서 대무영의 얼굴을 가렸다가 보여주기를 반복하고 있다.

"……!"

그때 나운정은 움찔했다. 치맛자락이 대무영의 얼굴을 찰나지간 가렸다가 다시 드러냈을 때 그가 두 눈을 똑바로 뜨고 그녀를 주시하고 있는 것을 발견한 것이다. 그러나 착각이라고 생각했다.

죽은 사람이 눈을 뜰 수는 없는 일이다. 그래서 혹시 이놈이 눈을 뜨고 죽었던 게 아닌가 하고 방금 전의 기억을 더듬어보았다.

어째서인지 그 상황에서도 그가 살아 있을 것이라는 생각은 하지 못했다.

그러나 그녀는 대무영이 눈을 떴다고 느끼는 순간 초식을 전개했어야만 했다. 그 찰나의 방심이 천추의 한을 남기고 말았다.

어떤 상황을 접하고 본능적으로 반응하는 것은 순전히 풍부한 경험에 의한 것이다.

그것을 뇌가 인지하고 명령을 내리는 것은 이미 늦다. 결론적으로 나운정은 싸움 경험이 적다.

츄욱!

그 순간 물속에서 무엇인가 희끗한 물체가 빛처럼 빠르게 튀어나왔다.

나운정이 놀라는 표정을 짓기도 전에 그 손은 그녀의 치마 속으로 스며들어 왼발 종아리에서부터 무릎과 허벅지를 순식간에 훑어버렸다.

"……."

시뻘겋게 달군 인두로 다리를 깊고도 길게 지지는 듯한 엄청난 고통이 엄습하여 그녀는 비명을 지르려고 입을 크게 벌렸다.

'하윽!'

그렇지만 다음 순간 그녀는 막 터져 나오려는 비명을 입 밖으로 터뜨리지 못했다.

방금 느꼈던 고통보다 천 배는 더 극심한 고통이 사타구니 한복판 옥문에서 폭발하고 있었기 때문이다.

원래 고통이 너무 극심하면 아예 비명이 터지지도 않는 법이다. 고통의 한계를 넘어서 비명을 지를 여력마저 사라졌기 때문이다.

빳빳하게 경직된 온몸을 사시나무 떨 듯이 가련하게 바들바들 떨면서 눈은 한껏 동그랗게 뜨고 입을 크게 벌리고 있는 그녀의 긴 치마 앞쪽에서 대무영이 천천히 상체를 일으키기 시작했다.

그는 상체를 일으켜 뒤쪽 바위에 비스듬히 기댔다. 그의 왼손은 나운정의 치마 속으로 들어가 옥문을 움켜잡고 있었으나 치마에 가려져서 보이지 않았다.

또한 사도헌은 서 있는 나운정의 뒷모습을 보고 있으므로 그녀 앞쪽에 있는 대무영이나 치마 속으로 그녀의 옥문을 움켜잡고 있는 손은 더더욱 보이지 않는다.

대무영이 방금 전개한 수법은 십단금의 와념수다. 찰나지간에 훑으면서 소용돌이처럼 비트는 수법으로, 십 성까지 완성한다면 설혹 강철이라고 해도 종잇장처럼 비틀어서 찢어발길 수가 있다. 현재 그는 칠 성까지 완성한 상태다.

나운정을 급습하면서 반드시 와념수를 전개하려고 했던 것은 아니다.

또한 다리를 훑어서 옥문을 움켜쥐려고 했던 것도 아니다. 그 자신도 여자의 치마 속을 훑고 옥문을 움켜잡는 짓 따위는 그다지 하고 싶지 않다.

그러나 그가 처해 있는 상황에서 가장 효율적으로 적을 제압할 수 있는 수법이 와념수였으며, 나운정이 다리를 약간 벌린 자세로 우뚝 서 있었기 때문에 가장 쉬운 공격 부위가 하필이면 그곳이었다.

나운정으로 볼 때는 일 년 반 전에 대무영에게 오른쪽 다리와 옥문을 비틀린 쓰라린 기억이 있는데 이번에는 왼쪽 다리를 그리고 옥문까지 움켜잡혔으니 우연치고는 실로 묘한 우연이 아닐 수 없다.

고통이 극에 달한 나운정은 다리를 오므릴 수가 없었다. 대무영의 손은 너무 커서 그녀의 옥문을 포함하여 둔부 전체를 움켜잡고 있는 형국이다.

그는 그녀의 앞쪽에서 손을 길게 뻗어서 엄지손가락으로 옥문을 찍어 누르듯이 잡고 있으며, 다른 네 손가락으로 둔부를 잡고 있으니 다리를 오므릴 수가 없다. 더구나 엄지손가락이 속곳마저 뚫고 옥문 안으로 깊숙이 파고들어서 피가 흐르고 있다.

대무영은 강호에서 오랫동안 생활했지만 여전히 강호의 무뢰한이다.

싸움이 벌어졌을 때 적에게 해서는 안 되는 행동이나 여자에게 금기시되는 행동이 무엇인지도 모를뿐더러 알고 싶지도 않다. 다만 목적을 위해서라면 수단 방법을 가리지 않을 뿐이다.

설혹 싸움의 예의범절에 대해서 알고 있더라도 나운정이나 사도헌 같은 부류에게는 적용하고 싶지 않다.

나운정은 몸을 바들바들 떨면서 구슬 같은 눈물을 흘리며 대무영을 굽어보고 있을 뿐이다.

오른손에는 여전히 흑선편이 쥐어져 있지만 그를 공격할 수조차도 없다.

몸의 최대 급소를 움켜잡힌 탓에 도무지 한 움큼의 힘조차도 일으킬 수가 없는 상황이다.

그의 엄지손가락이 자꾸만 옥문 속으로 더 깊게 쑤셔들고 있어서 주저앉고만 싶다.

수치심이나 부끄러움 따위가 아니다. 그런 것을 느낄 수 없을 정도로 고통스러웠다.

설혹 공격할 힘이 있다고 해도 그럴 수가 없다. 공격을 해서 대무영이 맞으면 그는 튕겨 날아가면서 움켜잡고 있던 그녀의 옥문과 둔부, 아니, 하체 전체를 모조리 뜯어버릴 것이기 때문이다.

대무영은 처참한 몰골이다. 깨진 머리와 갈라진 가슴에서 조금씩 피가 흘러내렸다.

머리에서 흐른 피는 그의 얼굴을 뒤덮어서 끔찍하게 그리고 잔인하게 보였다.

그는 입술 끝을 비틀어 올려 으스스한 미소를 흘렸다. 그 모습이 방금 지옥에서 튀어나온 염마왕 같았다. 그는 잔인한 목소리로 전음을 보냈다.

[크후후… 고통스러우냐?]

"아아…….."

나운정은 자존심이고 뭐고 다 소용이 없다. 그저 어서 이 처절한 고통에서 벗어나기만 바랄 뿐이다.

[전음으로 말해라.]

사도헌이 듣지 못하도록 하려고 대무영은 그녀에게도 전음을 요구했다.

[제발 놔줘… 너무 아파… 죽을 것 같아…….]

그녀가 뚝뚝 흘리는 눈물이 대무영의 얼굴로 떨어졌다.

[내가 잘못했어……. 다시는 널 괴롭히지 않을게…….]

그녀는 악한 여자가 아니다. 단지 오만하고 자존심이 강한 성격일 뿐이다.

그저 상상하는 것만으로도 오금이 저릴 정도의 고통을 직접 당하면서 그녀는 이 고통에서 풀려날 수만 있다면 무슨 짓이라도, 어떤 희생이라도 치를 준비가 되어 있다.

그녀의 심정을 조금쯤 깨닫게 된 대무영은 그녀에게 품었던 독한 감정이 서서히 풀어졌다.

그녀는 대무영이 알고 있는 여느 여자들하고 별반 다를 바 없는 사람이었다.

지금 그녀가 보여주고 있는 얼굴은 고통이기 전에 선한 표정이다.

그렇지만 대무영은 이대로 그녀를 놔줘서는 안 된다고 생각했다.

지금은 고통이 그녀를 굴종시키고 있으나 거기에서 풀려나면 다시 암호랑이로 돌아갈 것이다.

[놔주면 어떻게 하겠느냐?]

그렇게 물으면서 대무영은 옥문을 움켜잡은 손에 약간 힘을 더 주었다.

더 심한 고통을 주어서 완전히 굴복하게 만들려는 심산이고 그것은 먹혀들었다.

나운정의 입이 더 크게 벌어졌고 눈이 찢어질 듯 부릅떠졌으나 비명을 흘러나오지 않았다. 그대로 놔두면 너무 고통스러운 나머지 숨이 끊어질 것만 같았다.

대무영이 손에 힘을 약간 빼자 그녀는 폭포수처럼 눈물을 흘리며 전음을 보냈다.

[무… 조건 당신 말에 따르겠어요… 제발…….]

그녀는 자신도 모르게 존대를 하기 시작했다.

[정말이냐?]

대무영이 믿지 못하겠다는 투로 묻자 다급한 그녀는 무릎을 꿇을 것처럼 몸을 굽혔으나 대무영이 팔을 쭉 뻗고 있기 때문에 뜻을 이루지 못했다.

[아아… 제발 용서해 주세요……. 믿지 못하겠다면… 당신의 종이 되겠어요……. 아아… 아파…….]

쟁천삼절과 무일쌍절의 한 명이며 천하제일인 천무천인의 제자인 그녀가 대무영의 종이 되겠다고 자신의 입으로 내뱉었다.

그러나 대무영은 그녀의 말을 절반만 믿기로 했다. 그래서 손에서 힘을 완전히 빼기만 하고 옥문과 둔부를 그대로 움켜잡은 것을 유지했다.

언제든지 다시 힘을 가하기만 하면 그녀는 또다시 조금 전의 고통으로 돌아갈 것이다.

[아아… 고마워요…….]

그녀는 이번에는 고통에서 풀려났다는 기쁨의, 그리고 고마움의 눈물을 흘렸다.

[자, 이제 눈물을 닦고 나를 제압한 것처럼 사도헌에게 끌고 가라.]

[어떻게…….]

그가 아직까지 계속 옥문을 잡고 있는데 어떻게 끌고 가느냐는 뜻이다.

[내 멱살을 잡아라.]

[이… 렇게요?]

누운 자세인 그의 멱살을 왼손으로 잡으면서 그녀는 겁먹은 듯 몹시 조심스러워졌다.

보통 사람보다 약간 팔이 긴 그녀가 멱살을 잡고 허리를 펴자 대무영의 상체 왼쪽 어깨가 그녀의 무릎 바로 위 허벅지에 닿았다.

그렇게 하니까 그의 왼손은 여전히 치마 속으로 그녀의 옥문을 잡고 있는 형태를 유지할 수가 있게 되었다. 다만 팔을 조금 구부리는 것으로 사도헌 가까이 접근할 때까지 그가 눈치채지 못할 것이다.

[가자.]

대무영의 말, 아니, 명령에 그녀는 그의 얼굴을 굽어보았다.

[날 못 믿나요?]

여전히 옥문을 움켜잡고 있기 때문이다.

[무엇을 보고 널 믿겠느냐?]

나운정의 얼굴에 씁쓸한 표정이 떠올랐다.

[내가 버릇이 없고 무례하지만 스스로 한 말은 목숨을 걸고 반드시 지켜요.]

방금 대무영이 발견한 것이 만약 착각이 아니라면, 그녀는 그 말끝에 그를 곱게 흘겨본 것이 분명하다.

'뭐지? 방금 그것은……'

대무영은 사람에 대해서 더구나 복잡하고도 미묘한 심리를 지니고 있는 여자에 대해서는 완전히 문외한이다.

그런 데다가 지금과 같은 이런 상황은 여자의 심리를 훤히 꿰뚫고 있다고 자신하는 사람조차도 뭐라고 단정하기 어려울 정도로 민감하다. 그것을 대무영 같은 숙맥이 어떻게 알겠는가.

지금 같은 상황에 처한 여자가 취할 수 있는 반응으로는 대략 세 가지 부류로 나눌 수 있다.

첫째, 죽으면 죽었지 절대로 복종하지 않고 상대를 죽이려고 드는 강골의 여자.

둘째, 일단은 위기를 모면하기 위해서 복종하는 체했다가 나중에 기회를 보려고 하는 교활한 여자.

셋째, 한 번 무너지면 상대에게 완전히 절대복종하는 순정파 여자. 특히 이런 여자가 상대에게 극도의 수치와 치욕을 당하는 상태에서 무너졌다면 절대복종의 도가 더 높아진다. 더구나 지금처럼 엄지손가락이 옥문으로 들어간 상황이라면 두말할 나위가 없다.

나운정은 셋째에 해당하는 여자다. 그녀는 다섯 살이라는 어린 나이에 일가친척이 몰살당하고 천애고아가 되어 천무천인에게 거두어졌었다.

이후 세상하고는 단절된 상태에서 오로지 무공에만 전념하면서 지금껏 살아왔기에 대인 관계라든지 세상 물정에는 장님이나 다름이 없다.

그래서 오만하고 무례한 성격이 성립되었던 것인데 오늘 운명적으로 임자를 제대로 만났다.

나운정은 대무영의 명령을 충실하게 이행했다. 오히려 그녀 자신이 지금의 상황을 사도헌에게 들키지 않으려고 최대한 조심하는 것을 대무영이 느낄 정도다.

그녀는 답설무흔을 발휘하여 두 발로 수면을 디디면서 천천히 계류 가로 걸어 나갔다.

옥문을 잡혔기 때문에 걷는 것이 조금 불편했으나 치마가 가려주었고, 또 한손으로 대무영의 멱살을 잡은 탓이라고 생각할 수도 있다.

"죽었느냐?"

물가로 나왔을 때 사도헌이 묻자 그녀는 힐끗 대무영을 굽어보고는 그가 눈을 뜨고 있는 것을 보고 대답했다.

"쉽게 죽으면 재미가 없잖아요. 그냥 제압만 했어요."

그녀는 대담하게도 사도헌의 두 걸음 앞에 마주보고 멈추며 종알거렸다.

만약 그녀가 대무영에게 절대복종하고 있는 것이라면 앙

큼하기 짝이 없는 거짓말이다.

이십여 년 가까이 한솥밥을 먹으며 생활해 온 사형을 배신하고 있는 것이다.

그렇지만 대무영은 그녀를 믿지 않는다. 지금 이 순간에도 그녀가 사도헌에게 전음으로 자초지종을 설명할 수도 있기 때문이다.

만약 그렇다면 대무영이 사도헌을 공격하려고 그녀의 옥문에서 손을 떼는 순간 사도헌과 그녀 두 사람의 합공을 받게 될 것이다.

사도헌은 나운정에게 멱살이 잡힌 채 축 늘어져 있는 대무영을 굽어보았다.

대무영은 갈라진 가슴과 머리에서 흐른 피를 뒤집어써서 보기에도 처참한 몰골이다.

그는 마치 움직이지 못하는 것처럼 눈을 한껏 부릅뜨고 잡아먹을 듯이 사도헌을 노려보았다.

사도헌이 허리를 굽히며 대무영에게 손을 뻗었다.

"정아, 이제 이자를 내게 맡겨라."

"아니, 괜찮아……."

화우웅—!

조금 당황한 나운정이 한 발 물러서려는 순간 대무영에게서 푸르고 붉은 광채가 폭발하듯이 번쩍 뿜어졌다.

사도헌으로서는 피하고 자시고 할 겨를도 없었다. 그는 단지 번쩍! 하는 광채를 느꼈을 뿐이고 그 순간 가슴이 쪼개지는 엄청난 충격을 받았다.

쩌우—

"으악!"

그는 단말마의 처절한 비명을 터뜨리며 허공으로 쏘아낸 화살처럼 쏜살같이 날아갔다.

그가 제아무리 쟁천십이류의 절대라고 하지만 한 걸음도 안 되는 거리에서 뿜어낸 짓뭉개기를 피하거나 막는 것은 애당초 불가능한 일이다.

"아!"

그걸 보면서 나운정은 크게 놀라서 반사적으로 움찔하며 사도헌 쪽으로 몸을 날리려고 했다.

하지만 자신의 처지를 깨닫고는 급히 몸을 멈추고는 얼굴 가득 복잡한 표정을 지었다.

순간 대무영은 재빨리 일어나 번개같은 동작으로 나운정의 마혈을 제압했다.

파파팍!

그는 방금 짓뭉개기를 전개했기 때문에 기력이 고갈된 상태다. 그러므로 매사 안전한 것이 좋다. 일단 나운정을 제압해 놓고 다음 일을 생각하기로 했다.

지금은 한시바삐 기력을 회복하는 것이 급선무다. 나운정은 제압했으나 짓뭉개기에 적중된 사도헌이 죽지 않았다면 문제가 되기 때문이다.

그런데 그때 전혀 뜻하지 않은 일이 벌어졌다. 마혈을 제압당한 나운정이 대무영을 향해 천천히 돌아서고 있는 것이 아닌가.

"……!"

움찔 놀란 대무영은 순간적으로 오른손을 뻗으며 그녀에게 불꽃쏘기를 발출하려고 했다.

짓뭉개기를 전개하고 약간의 시간이 흘렀기에 절반 정도 위력의 불꽃쏘기를 발출할 여력은 었다.

파아아…….

그러나 나운정의 반응이 한 걸음 더 빨랐다. 그녀의 흑선편이 순식간에 대무영이 뻗은 오른손을 비롯하여 온몸을 칭칭 감아버렸다.

"너……."

대무영은 이것으로 모든 게 끝났다는 생각이 들자 어이가 없고 착잡하기 이를 데 없었다.

처음부터 나운정을 믿지 않았었다. 그래서 그녀의 옥문을 움켜잡고 여기까지 와서 사도헌에게 짓뭉개기를 발출했던 것이다.

그리고는 그녀의 마혈을 제압했다. 거기까지는 완벽했다. 그런데 어떻게 마혈이 풀려서 도리어 대무영을 공격할 수 있다는 말인가.

대무영은 무공이 초절경지에 이르면 혈도를 제압하는 것이 아무 소용없다는 사실을 모르고 있다.

나운정은 대무영을 원망하는 듯한 눈빛으로 바라보았다. 그리고는 곧 슬픈 표정을 지었다.

"나를 믿지 않았군요."

"……."

그 말에 대무영은 약간 가슴을 옭죄는 듯한 느낌이 들었다.

스르…….

이어서 몸을 칭칭 묶었던 흑선편이 풀리면서 그는 자유로운 몸이 되었다.

나운정이 흑선편으로 그의 몸을 묶고 또 풀어준 일들이 전혀 예상하지 못한 상황에서 일어났다.

그녀는 대무영이 마혈을 제압하자 깜짝 놀랐다가 곧 실망하는 마음이 들었다. 그가 자신을 믿지 못하는 것이라고 여긴 것이다.

그래서 그를 향해 돌아서는데 그가 불쑥 공격을 시도하는 것을 보고 흑선편으로 그의 몸을 묶어버렸던 것이지 해칠 의도는 손톱만큼도 없었다.

대무영은 어리둥절한 표정을 지었으나 나운정을 보는 순간 어떻게 된 일인지 깨달았다.

그녀는 아까 계류에서 대무영에게 종이 되겠다고 말할 때와 비슷한 표정을 짓고 있었다. 그녀는 한 번 내뱉은 말을 지키고 있는 것이다.

이것은 매사 안전한 것이 좋다고 여기는 대무영과 한 번 뱉은 말은 목숨을 걸고 지키는 나운정 사이의 불신이 빚어낸 웃지 못할 작은 사건이었다.

"알았다. 너를 믿겠다."

휘익!

그가 말을 마치자마자 신형을 날려 사도헌이 날려간 곳으로 쏘아가니까 나운정도 그 뒤를 그림자처럼 따랐다.

대무영은 그녀가 자신의 뒤를 바싹 따르고 있지만 개의치 않았다.

의심할 때는 끝없이 의심하지만, 일단 한 번 믿기로 했으면 목숨을 맡기는 것이 그의 성격이다.

재빨리 주위를 둘러보던 대무영은 어렵지 않게 사도헌을 찾아냈다.

그는 계류에서 이십여 장이나 날아와서 둑 너머 풀밭에 엎어진 자세로 꿈틀거리고 있었다.

사도헌 옆에 내려선 대무영은 그저 담담한 표정으로 물끄

러미 굽어보고 있지만, 나운정은 안색이 해쓱해져서 곧 방울방울 눈물을 흘렸다.

다섯 살 때 천애고아가 된 그녀에게 사도헌은 친오빠나 다름이 없는 존재다.

그런 사도헌이 죽어가고 있는 모습을 돕지도 못하고 지켜봐야 하는 심정이 오죽하겠는가.

일어나려는 것인지 어디로 기어가려고 하는 것인지 하여튼 맹목적으로 벌레처럼 꿈틀거리고 있는 사도헌의 등 한복판에는 주먹이 통째로 들어가고도 남을 정도로 큰 구멍이 뻥 뚫려 있었다.

그리고 그 구멍을 통해서 아래쪽 풀밭이 보일 정도였다. 짓뭉개기가 그의 가슴과 등을 관통한 것이었다.

그 상태에서는 설사 화타나 편작이 온다고 해도 절대로 살리지 못한다.

사도헌은 끈질긴 목숨을 부여잡은 채 아직 이승을 떠나지 못하고 있었다.

조금 전까지만 해도 임풍옥수의 멋들어진 청년이었던 그는 한순간에 저승의 문턱을 넘는 신세가 되었다. 대문 밖이 저승이라더니, 정말 사람의 운명이란 아무도 점칠 수 없는 일인 것 같았다.

털썩!

무슨 목적이 있어서가 아니라 그저 자신이 아직 살아 있다는 사실을 증명이라도 하려는 듯 꿈틀거리던 사도헌은 몸을 뒤채서 얼굴을 하늘로 향하게 하는데 성공했다. 하지만 그게 끝이다. 그 상태에서 그는 가쁜 숨을 몰아쉴 뿐 꼼짝도 하지 못했다.

이미 생명이 거의 다 빠져나간 그의 초점 잃은 동공이 허공을 부유하다가 마지막에 나운정의 얼굴에 머물러 이리저리 흔들렸다.

"정아… 어째서…….."

그는 그것이 궁금했던 모양이다. 그래서 그 의문을 풀기 전에는 죽을 수도 없었던 것 같다.

"사형…….."

나운정은 아무 말도 못 하고 그저 비 오듯이 눈물만 펑펑 흘릴 뿐이다.

이런 상황에서 그녀가 대저 무슨 말, 아니, 변명을 할 수 있겠는가.

사정이 이러저러해서 적의 종이 될 수밖에 없었다는 말을 하면, 죽어가는 사람이 '아, 그렇더냐? 참 잘했구나' 하고 칭찬이라도 해줄 것 같은가.

"너…….."

사도헌은 부들부들 떨리는 손을 나운정을 향해 뻗었으나

곧 바닥으로 툭 떨어지더니 숨을 거두었다.

"아앗! 사형!"

나운정은 찢어질 듯이 비명을 지르면서 사도헌에게 달려들어 그를 얼싸안았다.

사도헌의 입가에는 희미한 미소가 떠올라 있었다. 마지막 순간에 그는 무슨 말, 아니, 무슨 생각을 했었기에 미소를 지었는지 모를 일이다.

원망하는 표정이라도 지었으면 덜 괴로울 텐데, 평소 나운정을 지극히 위하고 아껴주던 그였기에 그녀는 가슴이 예리한 칼로 도려내는 것처럼 아팠다.

그녀는 자신의 신념 때문에 대무영의 종이 되었으나, 그로 인해서 사도헌은 죽었다.

이렇듯 나의 결정은, 그리고 누군가의 결정은 타인에게 지대한 영향을 미치게 되는 것이다.

나운정은 아까는 고통 때문에 죽을 것 같았는데, 지금은 슬픔 때문에 애간장이 끊어져서 죽을 것만 같았다. 이러한 일들은 생전 처음 겪어보는 것이다.

# 第九十五章
이상한 주종(主從)

대무영이 나운정에 대해서 이해한 것은 단 한 가지다.

그녀 입으로 종이 되겠다고 말했으니까 그것을 지키려 한다는 사실이다.

하지만 그것은 절반만 이해한 것이다. 상대는 여자다. 두 차례에 걸쳐서 대무영에게 최악의 수치스러운 일을 당한 여자가 선택할 수 있는 두 가지 길 중에 하나를 선택했다는 사실을 대무영으로서는 상상조차 하지 못했다.

두 가지 길이란 대무영을 죽이는 것과 그를 따르는 것인데, 그녀는 후자를 택했다.

나운정은 사도헌이 죽은 자리에 그를 묻고 나서 그 앞에 앉아서 한참 동안 울었다.

대무영은 그녀를 재촉하지 않고 묵묵히 기다려 주었다. 놔두고 그냥 가버릴 수도 있지만 그녀에게 묻고 싶은 몇 가지가 있었다.


"이 지역의 승무단 위치를 아느냐?"

대무영의 물음에 나운정은 많이 울어서 해말끔해진 얼굴로 그를 바라보며 눈을 빛냈다.

"알고 있어요."

"말해다오."

"왜 그러죠?"

대무영은 굳이 숨길 필요가 없다고 생각했다.

"승무단을 피해서 남하할 생각이다."

나운정은 간단하게 일축했다.

"저하고 함께 가면 아무도 주인님을 건드리지 못해요."

그녀의 말이 맞다. 제아무리 승무단이라고 해도 천무천인의 적전제자인 나운정은 하늘같은 존재다.

그런데 대무영은 나운정이 '주인님'이라고 부른 호칭이 목에 가시가 걸린 것처럼 개운하지 않았다.

그러나 나운정 입장에서는 제 스스로 대무영의 종이 되겠다고 했으니까 그를 '주인님'이라고 부르는 것은 너무도 당연했다.

대무영은 승무단 위치나 그 외에 몇 가지 물을 것이 더 있었으나 나운정이 동행을 해준다는 말에 다 불필요한 것이 돼버렸다.

그는 안전하다고 판단되는 곳까지만 나운정을 데리고 갈 생각이다.

그 후에는 제 갈 길로 가라고 보내면 된다고 대수롭지 않게 여겼다.

종에서 풀어주고 자유롭게 놔주면 오히려 그녀가 기뻐할 것이라고 자기 입장에서만 생각했다.


가산현 서남쪽은 높이 수백 장 남짓의 야산지대가 이백여 리나 길게 뻗어 있다.

대무영은 그 사실을 몰랐으나 나운정이 잘 알고 있어서 그녀의 의견을 좇아 야산을 따라 서남쪽으로 달렸다.

두 사람은 처음 그녀를 마주쳤던 곳에서 한나절 만에 백오십여 리나 왔다.

평지라면 삼백 리 이상은 충분히 갈 수 있는데, 이곳은 비록 야산이지만 험준하기는 천하의 어느 악산(惡山)에 뒤지지 않아서 그다지 속도를 내지 못했다.

이제 칠십여 리만 더 가면 장강 유계구에 도착할 것이라는 나운정의 말에 대무영은 좀 쉬어가기로 했다. 한나절 만에 처음 멈추는 것이다.

두 사람은 폭이 삼 장 남짓밖에 안 되는 작은 시냇물 가의 나지막한 바위에 앉았다.

수정처럼 맑은 시냇물을 마셨더니 배가 더 고팠다. 생각해 보니까 마지막으로 식사를 한 것이 언제인지 기억도 나지 않을 만큼 까마득했다.

하늘을 보니까 늦은 오후다. 산중이고 겨울이라고 해도 해가 지려면 한 시진 정도는 지나야 할 것이다.

맞은편에 다소곳이 앉아 있는 나운정은 지친 기색은 없으나 그녀도 배가 고프기는 마찬가지일 것이다.

"잠시 기다려라. 산짐승이라도 한 마리 잡아오마."

그가 말하고 일어서니까 그녀가 의아한 듯 물었다.

"산짐승은 뭐하게요?"

대무영은 그녀가 세상 물정을 모른다는 사실을 또 한 번 깨달았다.

"배고프니까 구워서 먹어야지."

"아……."

그녀는 알았다는 듯 고개를 끄떡이더니 발딱 일어섰다.

"그럼 제가 잡아올게… 웃!"

그러더니 손으로 옥문 쪽을 누르면서 얼굴을 찡그리며 다시 주저앉았다.

대무영은 그녀가 손으로 누르고 있는 곳을 보면서 한꺼번에 두 가지를 깨달았다.

와념수로 그녀의 왼발 전체와 옥문을 그 지경으로 만들어 놓고서도 여기까지 오는 동안 그것에 대해서 한 번도 생각하지 않았다는 것과, 그런데도 그녀가 아픈 내색을 조금도 하지 않았다는 사실이다.

"많이 아프냐?"

"아… 괜찮아요."

그녀는 애써 미소를 지어 보이면서 일어서는데 치마가 온통 피투성이다.

특히 옥문 부위가 더욱 시뻘겋게 물들어 있어서 그곳이 진원지라는 것을 나타내고 있었다.

그녀가 줄곧 뒤에서만 따라왔기 때문에 대무영은 그것을 보지 못했었다.

"어디에서 피가 나는 거냐?"

그는 아까 자신이 그녀에게 저지른 일을 전혀 모르는 사람처럼 물었다.

그도 그럴 것이 와념수는 피부와 근육, 뼈를 비틀어 버릴지

언정 피를 나게 하지는 않기 때문이다.

나운정은 새초롬한 표정을 지으며 그를 흘겼다.

"정말 몰라서 묻는 건가요?"

그녀가 곱게 흘기는 모습이 마치 대무영을 사랑하는 여자
들이 하는 행동하고 비슷했기 때문에 그는 잠시 이상한 기분
이 들었다.

어쨌든 그녀가 그렇게 반문하는 저의가 있을 것 같아서 대
무영은 곰곰이 생각하다가 낮은 탄성을 흘렸다.

"아! 그거냐?"

그가 도해와 연조, 파라, 서가 등과 동침을 했을 때 그녀들
은 앵혈을 쏟았었다. 다들 순결한 몸이었기 때문이다.

그래서 그는 순결한 여자와 동침을 하면 앵혈이 나온다는
것으로 알고 있다.

그는 자신이 나운정을 제압하다가 옥문에 손상을 입혔기
때문에 동침은 하지 않았어도 처녀막이 터져서 앵혈이 나온
것이라고 이해했다.

"아까 그것 때문에 순결을 잃은 것이냐?"

매우 민감하고 부끄러운 내용인데도 그는 아무렇지도 않
게 물었다.

"네……"

나운정은 부끄러워서 고개를 숙이고 기어들어 가는 목소

리로 대답을 하는데 얼굴이 노을처럼 붉어졌다.

그녀는 예전에, 아니, 아까 대무영을 만나기 전까지만 해도 부끄러움이라는 것을 모르고 살아왔었다.

그럴 만한 대상이 없었기 때문이다. 하지만 지금 그녀는 대무영 앞에서 부끄러워하고 있다.

여자는 사랑하는 남자에게 순결을 바치고 싶어 하지만, 나운정은 사랑하지도 않는 남자에게 그것도 정사가 아닌 포악한 방법으로 순결을 잃었다.

그것은 슬프지만 이제 와서는 돌이킬 수 없는 일이 돼버렸다. 어쨌든 그녀에게 대무영이라는 사내는 순결을 바친 남자가 된 것만은 사실이다.

대무영은 잠시 생각했다. 나운정의 이미 잃은 순결은 어쩔 수 없지만 와녑수로 뒤틀어져 버린 다리는 어떻게든 고쳐주고 싶었다.

그녀가 적이었을 때에는 죽어도 상관이 없는 존재지만 지금은 상황이 변했다.

따지고 보면 대무영은 그녀에게 원한 같은 것은 없었다. 예전 형산에서 당했던 것은 그 당시에 와녑수로 오른발을 뒤틀려 놓았으니까 비긴 셈이었다.

그런데 오히려 왼발마저 뒤틀려 놓고 또 순결을 잃게 했으며 그녀의 사형 사도헌을 죽였으니 대무영이 그녀에게 빚을

졌다고도 볼 수 있다.

'혹시 청삼족오라면……'

그는 자신이 지금까지 여러 차례 상처를 입었을 때마다 저절로 치료가 되는 과정을 청삼족오의 기운 덕분이라고 막연하게 생각했었다.

지난번에 강철화살에 당했던 상처도 사흘이 지나기 전에 딱지가 앉을 정도였었다.

도해와 북설 등이 상처를 치료한다고 난리법석을 떨었으나 실상은 청삼족오의 기운 덕분에 치료가 됐다고 그는 생각하고 있었다.

그렇다고 해서 청삼족오의 기운을 일부러 끌어 올린다든지 치료에 사용하려고 어떤 행동을 취한 것은 아니었다. 그저 가만히 있으면 저절로 치료가 됐다.

그리고 그것에 대해서 깊은 생각을 해본 적은 없다. 그저 다치면 또 자연적으로 치료가 되겠지, 하고 당연한 것으로 받아들였을 뿐이다.

'청삼족오를 손에 주입하여 상처를 쓰다듬어 보자.'

그렇게 생각한 그는 주위를 둘러보다가 이곳이 너무 탁 트인 장소라서 좀 안전한 장소로 옮기기로 했다.


거대한 나무의 아래쪽에 구멍이 뚫려서 웅크리고 들어가

면 안에는 제법 아담한 공간이 있다.

"누워봐라."

나운정은 대무영이 아무 말도 하지 않고 다짜고짜 이곳에 끌고 들어온 이후에 대뜸 누우라고 하자 깜짝 놀라서 크게 당황했다.

그러나 그녀는 곧 자신은 종이므로 주인님의 명령에 무조건 복종해야 한다는 사실을 깨닫고 시키는 대로 반듯한 자세로 바닥에 누웠다.

나무 안의 공간이 꽤 넓어서 마치 자로 잰 듯이 그녀의 키와 바닥의 길이가 딱 맞았다.

쿵쿵쿵쿵……

그때 어디선가 지진이 난 것처럼, 아니면 누가 두 사람이 들어와 있는 나무를 세차게 두드리는 듯한 소리가 크게 나서 나운정은 깜짝 놀라 상체를 일으켰다.

그러나 그녀는 곧 얼굴이 빨개져서 도로 누웠다. 그것은 그녀의 심장이 세차게 뛰는 소리였다.

누우라니까 반사적으로 이상한 생각을 하게 되어 긴장하고 조마조마해진 것이다.

이런 은밀한 공간에 끌고 들어와서 누우라고 하면 어떤 여자라고 해도 이제부터 무슨 일이 벌어질 것이라고 한 가지 상황을 생각하게 될 것이다.

그래서 나운정은 대무영이 아까 손가락으로 순결을 잃게 한 것에 대한 보상으로 이번에는 제대로 정사를 하려는 것이라고 지레짐작을 했다.

그녀는 눈을 꼭 감고 두 팔을 뻗어서 옆구리에 붙인 채 주먹을 꼭 쥐었다.

펄럭—

"흑……."

대무영이 긴 치마를 단숨에 걷어 올리자 그녀는 자신도 모르게 숨을 몰아쉬었다.

치마는 가슴 바로 아래까지 걷어 올려져서 그녀의 얼굴을 덮어버렸다.

그녀의 잘록한 허리와 아스라한 수평선처럼 도도록한 아랫배, 그리고 아기 손바닥보다 더 작은 속곳에 가려져 있는 부위와 길고도 늘씬한 두 다리가 훤히 드러났다. 그렇지만 속곳과 허벅지, 다리는 온통 피투성이였다.

속곳 아래쪽에는 대무영의 엄지손가락에 의해서 구멍이 뚫려 있었으나 그는 가차 없이 속곳까지 벗겨 버렸다.

그리고는 두 다리를 확 넓게 벌리자 나운정은 또 아! 하는 탄성을 터뜨렸다.

쿵쿵쿵쿵…….

이제부터 시작이라는 생각을 하자 아까보다 훨씬 더 큰 심장 고동 소리가 공간 전체를 마구 울렸다.

"살살 할 테니까 겁먹지 마라."

대무영은 그녀의 두 다리의 안쪽에 뒤틀린 정도를 살피면서 안심을 시켰다.

하지만 치료를 살살 하겠다는 그 말은 나운정에게 전혀 다른 의미로 받아들여졌다.

대무영은 그녀의 두 다리가 나무처럼 **빳빳하게** 경직된 것을 보고 주의를 주었다.

"힘 빼라."

그 말에 나운정은 자신이 온몸에 잔뜩 힘을 주고 있다는 사실을 깨닫고 비로소 힘을 뺐다.

그녀의 두 다리는 대무영이 예상했던 것보다 뒤틀림이 훨씬 더 심각했다.

발목부터 허벅지까지 마구 짓밟아놓은 진흙탕처럼 참혹하게 뒤틀려 있었다.

일 년 반 전에 와념수에 뒤틀린 오른발보다 오늘 당한 왼발이 훨씬 더 심했다.

그 당시에는 와념수의 초보 단계였고 지금은 완벽한 수준에 올랐기 때문이다.

굉장히 아플 텐데도 거기에 대해서는 한마디도 하지 않고 무던히 참고 있는 그녀의 인내심은 정말 대단했다.

문득 그녀의 옥문을 보던 대무영은 미간을 좁혔다. 이것이 여자의 신체에서 가장 소중하고 신비스러워야 할 부위라고는 전혀 믿어지지 않을 정도로 짓이겨진 그곳은, 시뻘겋게 핏물에 젖은 채 너무 심하게 뒤틀려 있어서 자기가 그래놓고서도 미안한 마음이 들었다.

　이제부터가 중요하다. 대무영 자신이 상처를 입은 경우에는 스스로 치료가 됐었는데, 과연 타인에게도 청삼족오가 효능을 발휘할 것인지 지금으로썬 장담할 수가 없다.

　우선 청삼족오의 기운을 끌어 올려서 두 손에 주입을 한 다음 두 손바닥을 펼쳐서 나운정의 종아리를 조심스럽게 덮듯이 문질렀다.

　<u>스스스……</u>.

　그런데 전혀 예상하지 못했던 일이 벌어졌다. 그녀의 오른쪽 다리가 그가 손을 댄 종아리에서부터 급속하게 얼기 시작하는 것이 아닌가.

　쩌쩌저어…….

　"헛!"

　깜짝 놀라서 급히 손을 뗐으나 오른쪽 발은 이미 발가락에서부터 허벅지 안쪽 심지어 옥문에 묻어 있는 피까지 다 얼어 버렸다.

　'이런… 너무 강했다.'

청삼족오의 기운을 얼마나 사용하는지에 대해서는 미처 생각하지 않아서 벌어진 일이다. 그저 청삼족오의 기운으로 쓰다듬기만 하면 되는 줄 알았다.

청삼족오의 기운은 극한지기이기 때문에 섣불리 사용하다가는 손에 닿는 모든 물체가 얼음으로 화해 버리는 불상사가 벌어진다.

"아아……."

갑자기 오른발에 감각이 사라지는 순간 나운정은 나직한 신음을 흘렸다.

하지만 그것뿐 아무 말도 하지 않았고 움직이지도 않았다. 그만큼 대무영을 믿고 있기 때문이다.

'안 되겠다. 적삼족오의 기운으로 녹여야겠다.'

제일 먼저 머리에 떠오른 것이 청삼족오의 상극인 적삼족오의 기운이다.

실수로 다리를 얼려 버렸으니까 이번에는 녹여야 한다는 단순한 생각인 것이다.

그렇지만 청삼족오하고는 달리 적삼족오의 기운은 극열지기다. 청삼족오의 기운은 얼려 버리지만 적삼족오의 기운은 태워 버린다.

조금이라도 실수를 하는 순간이면 이번에는 나운정의 다리를 통구이로 만들어 버릴 수도 있는 것이다. 그러면 돌이킬 수 없는 상황이 돼버린다.

'옷을 말리는 정도면 될 것이다. 최대한 약하게 하자.'

일전에 옷을 입은 채 강물에 들어갔다가 나와서 젖은 옷을 말리려고 적삼족오의 기운을 이용했던 적이 있었다. 적삼족오의 기운을 그 정도로 발휘하면 언 다리를 녹일 수 있을 것이라는 생각이다.

스으으……

적삼족오의 기운이 닿자 얼었던 다리에서 수증기가 피어올라 나무 속 공간이 부옇게 됐다. 그리고는 잠시 후 수증기가 걷히고 나서 다리는 완전히 녹았다.

예상했던 대로 뒤틀어진 다리는 그대로였다. 청삼족오의 기운을 얼마큼 사용하느냐가 치료의 관건인 것 같았다. 많이 쓰면 독이고 적게 쓰면 이롭다.

이번에는 좀 더 신중을 기했다. 방금 언 다리를 녹인 정도의 적삼족오의 기운을 일으킨 만큼만 청삼족오 기운을 끌어내서 오른손에 주입했다. 두 손으로 하면 과다할 것 같아서 한손만 하려는 것이다.

긴 치마를 머리까지 뒤집어쓰고 있는 나운정은 이 남자가 도대체 언제 정사를 하려나 싶은 마음에 초조하게 숨을 죽이고 있었다.

슥……

대무영은 매우 조심스럽게 오른손을 종아리에 대고 살짝 조금만 문질러 보았다.

그랬더니 심하게 구겨진 종이나 옷감이 깨끗하게 펴지듯 이 그의 손길이 닿았던 부위의 뒤틀어진 피부가 신기하게도 매끄럽게 변했다.

'됐다.'

오른발 안쪽 전체가 흉측하게 뒤틀어진 모습인데 방금 그가 손을 댔던 부위만 깨끗해졌다.

자신감을 갖게 된 그는 오른손으로 발목에서부터 정성껏 부드럽게 쓰다듬으면서 조금씩 위로 올라갔다.

쓰다듬은 부위가 깨끗해지는 것을 확인하면서 꼼꼼하게 치료를 계속했다.

나운정은 몸을 가늘게 부르르 떨었다. 대무영이 다리를 쓰다듬는 것이 정사를 하기 전에 애무를 하는 것이라고 생각했기 때문이다.

실제로 그가 다리를 부드럽게 쓰다듬자 숨이 가빠지고 몸이 찌릿찌릿했다.

대무영의 손이 점점 위로 올라왔다. 지금까지 이십삼 년을 살아오는 동안 남자의 손이 그녀의 다리를 이렇게 부드럽게 쓰다듬었던 적은 한 번도 없었다.

그녀의 얼굴이 치마로 덮여 있는 것이 다행이다. 얼굴 표정이 묘하게 변하면서 입을 반쯤 벌린 채 달뜬 숨결을 토해내고 있는 모습을 가려주고 있으니까 말이다.

남녀의 정사에 대해서 전혀 모르는 그녀는 대무영이 하는 대로 몸을 맡기고 곧 닥쳐올 미지의 사건에 두려움과 기대로 가슴이 터질 것만 같았다.

"아⋯⋯."

대무영의 손길이 무릎을 지나 허벅지에 이르자 나운정은 바들바들 떨리는 탄성을 흘렸다.

"아프냐?"

"아⋯ 아니에요⋯⋯."

바보 같기는, 애무를 하는데 아플 리가 있냐고 나운정은 치마 속에서 눈을 흘겼다.

대무영은 허벅지를 쓰다듬으면서 아래쪽을 보니까 뒤틀렸던 피부가 백옥처럼 눈부시게 변했다.

지금까지 그는 여러 명의 여자와 가까이 지냈으나 나운정만큼 희고 눈부신, 그리고 늘씬한 다리를 갖고 있는 여자는 없었다.

스윽⋯⋯.

그의 손이 허벅지 가장 안쪽에 이르렀다. 그런데 뒤틀림이 아래쪽 둔부까지 이어져 있어서 다리를 들어 올리고 손으로 허벅지와 둔부를 부드럽게 쓰다듬었다.

흉측하게 뒤틀렸던 피부가 손길이 닿는 곳마다 점차 눈부신 백옥살결로 변하는 현상이 대무영이 보기에도 마냥 신기하기만 했다.

피부뿐만 아니라 다리에 묻었던 피도 손이 닿으면 즉시 사라졌다.

이윽고 그는 오른발을 다 치료하고 이제 옥문만 남았다. 좀 더 수월하게 치료하기 위해서 아무 생각 없이 그녀의 양발을 벌려서 자신의 양쪽 어깨에 걸쳤다.

"아……."

나운정은 이제 본격적으로 무언가를 시작하려나 보다 하고 바짝 긴장했다.

그런 자세를 취하니까 그녀의 둔부가 들어 올려져서 옥문이 대무영의 바로 코 아래에 놓이게 되었다.

그는 핏물에 젖은 원시림 같은 수북한 음모를 뒤적이면서 옥문을 자세히 살피다가 손바닥으로 부드럽게 쓰다듬으면서 구석구석까지 정성껏 쓰다듬으면서 청삼족오의 기운을 뿜어냈다.

"아아아……."

나운정이 몸을 비틀면서 신음을 흘렸다. 그래서 대무영은 치료 때문에 그녀가 고통스러워하는 것이라고 생각했다. 하지만 치료를 멈출 수는 없다.

스우우…….

지금까지는 청삼족오의 기운이 주입된 손바닥으로 쓰다듬
기만 했으나, 이번에는 옥문 안쪽까지 치료해야 하기 때문에
기운을 깊숙이 뿜어냈다.

"하악!"

나운정이 갑자기 자지러지는 소리를 내면서 몸을 활처럼
휘게 하며 둔부를 들어 올렸다.

그 바람에 대무영이 깜짝 놀라서 손을 떼자 옥문이 그의 입
을 덮쳐 버렸다.

"하아아…….”

나운정은 온몸에 힘을 주고 격렬하게 떨면서 숨넘어가는
신음을 토해냈다.


나운정은 구수한 냄새에 눈을 떴다. 그리고는 자신이 자고
있었다는 사실을 그제야 깨달았다.

밤이 된 듯 주위가 캄캄해서 약간 공력을 끌어 올리자 주위
경물이 환하게 시야에 들어왔다. 그녀는 여전히 나무 속 공간
에 반듯한 자세로 누워 있었다.

아까는 치마가 걷어 올려져서 얼굴을 덮고 있었으나 지금
은 원래대로 아래로 내려져 있다.

문득 그녀는 잠들기 전에 있었던 일이 생각났다. 뭔가 서늘

한 기운을 내뿜는 거대한 물체가 옥문 안으로 힘차게 밀고 들어왔었다.

그 순간 그녀는 뭐라고 말로는 설명할 수 없는 극도의 쾌감을 느끼고 온몸을 격렬하게 떨면서 정신을 잃었었다. 그런 황홀한 기분은 난생처음이었다.

'아……'

그녀는 자신이 대무영하고 정사를 했다고 철석같이 믿으면서 두 손을 뻗어 치마 위로 옥문을 지그시 눌렀다.

옥문 부위가 뻐근했지만 더없이 기분이 좋았다. 이제야 진짜로 대무영의 여자가 됐기 때문이다.

슥—

"아……."

그때 대무영이 구멍을 통해서 안으로 들어오자 그녀는 깜짝 놀라서 발딱 일어나 앉았다.

대무영은 나운정 맞은편에 책상다리로 앉으면서 바닥에 잘 구운 토끼 고기를 내려놓았다.

"먹어라."

아까까지만 해도 대무영의 그런 무뚝뚝한 말투가 섭섭했으나 지금은 더없이 사랑스럽게 느껴졌다.

조금 전에 그녀가 맡았던 구수한 냄새는 대무영이 밖에서 토끼를 굽는 냄새였다.

"제가 할게요."

대무영이 토끼고기를 집어 찢으려고 하자 나운정은 얼른 토끼를 집어 들었다.

"괜찮으냐?"

그녀가 건네주는 토끼다리를 받으면서 대무영은 지나가는 말투로 물었다.

그녀는 책상다리로 앉은 자신의 옥문 쪽을 굽어보고는 얼굴을 붉혔다.

"좀 뻐근하지만 아프지 않아요."

"그럼 됐다."

"주인님은 어땠나요?"

"나?"

"네······."

정사를 하고 난 다음에 여자들은 대부분 남자의 반응을 궁금하게 여긴다.

정사의 기교적인 면이 아니라 자신의 성기에 남자가 어느 정도 만족하는지 아니면 불만스러워하는지에 대해서 알고 싶은 것이다.

"괜찮았다."

대무영은 토끼 고기를 씹으면서 건성으로 대답했다. 하지만 그의 표정을 살피던 나운정은 적잖이 실망했다.

"단지 그거뿐이에요?"

"그럼 뭐가 더 있어야 하느냐?"

"그래도… 좋았다든가……."

나운정은 세상 물정과 남녀관계에 대해서 전혀 모를뿐더러 그래서 생각과 마음속에 있는 것을 그대로 직설적으로 쏟아내는 버릇이 있다.

대무영은 씹기를 멈추고 조금 어이없는 표정을 지었다.

"네 다리를 치료하는 게 힘들면 힘들었지 좋았을 리가 없잖느냐?"

"네? 다리를 치료했다고요?"

"그럼 뭘 했다고 생각하느냐?"

"아……."

나운정은 자신이 뭔가 큰 착각을 하고 있었다는 사실을 깨닫고 책상다리로 앉은 자세에서 치마를 홀러덩 위로 걷어 올렸다.

뒤틀려 있어야 할 두 다리가 원래의 희고 매끈한 다리로 돌아와 있는 것이 보였다.

크게 놀란 그녀는 앞에 대무영이 앉아 있다는 사실도 잊은 채 두 무릎을 세우고 벌리더니 고개를 잔뜩 숙여 자신의 옥문을 들여다보았다.

대무영은 벗겨낸 그녀의 속곳이 찢어지고 피에 젖은 걸레

같아서 한쪽 구석에 처박아 두었다. 즉, 그녀는 치마 속에 아무것도 입지 않았다.

"아아……."

그녀는 너무도 기쁜 얼굴로 고개를 들고 대무영을 바라보는데 눈물을 글썽거렸다.

"그럼 아까 이걸 치료했던 거였어요?"

"그래."

"어쩜 이렇게 감쪽같을 수가 있죠? 봐요. 예전하고 똑같아졌어요."

그녀는 다리를 더 벌리고 대무영이 잘 볼 수 있도록 자세를 취했다.

그러면서도 부끄럽다는 생각은 크게 들지 않았다. 그녀에게 있어서 대무영은 정사는 하지 않았으나 그 이상의 존재이기 때문이다.

대무영이 고개를 숙이고 빤히 옥문을 주시하자 그녀는 부끄러워서 얼굴이 빨개지면서도 한편으로는 뿌듯한 기분이 들었다.


구운 토끼 고기로 배를 불린 후에 나무 구덩이 안에서 한시진 남짓 휴식을 취하고 나서 다시 길을 떠났다.

나운정은 안휘성 지리에 대해서 잘 알고 있어서 대무영은 걱정하지 않았다.

오리는 알에서 부화할 때 제일 먼저 눈에 띄는 것이 자기 어미인 줄 알고 따른다고 했다.

나운정의 경우가 그러했다. 세상 물정이라고는 아무것도 모르던 그녀는 대무영으로 인하여 비로소 세상을 알아가기 시작했으며 이상한 방법이긴 했지만 그로 인해서 여자로서의 눈을 떴다.

그러므로 그녀에게 대무영이라는 존재는 주인님이 아니라 모든 것이라고 할 수 있다.

"너 아까 낮에 내가 마혈을 짚었을 때 어떻게 해서 제압되지 않았던 것이냐?"

대무영은 한동안 달리다가 문득 생각나는 것이 있어서 나란히 달리고 있는 나운정에게 물었다.

"심법을 오래 연마하다 보면 자연히 그렇게 되요."

"심법?"

"네. 그럼 주인님 신체는 이혈대법(移穴大法)이 되어 있지 않은가요?"

"그걸 이혈대법이라고 하느냐?"

대무영은 심법이 무엇인지는 알지만 배운 적이 없기 때문에 한 번도 전개해 본 적이 없어서 무척 생소했다. 생소하기로는 난생처음 듣는 이혈대법이라는 것도 마찬가지였다.

나운정은 이상하다는 표정을 지었다.

"주인님은 저보다 고강한 것 같은데 신체가 자연적으로 이 혈대법이 되어 있지 않다니 이상하군요."

대무영은 쓴웃음을 지었다.

"나는 심법이라는 것을 배운 적이 없다."

나운정이 놀라서 그 자리에 멈추는 바람에 대무영도 따라서 멈추었다.

"말도 안 돼요. 어떻게 그럴 수가 있죠?"

## 第九十六章
천무천인

가는 길이 지체됐다. 나운정이 심법을 가르쳐 주겠다고 하도 성화를 부리는 바람에 어쩔 수 없었다.

그런 건 배우지 않아도 괜찮다고 했더니 자신의 성의를 무시한다고 펑펑 우는 데에는 당할 도리가 없었다. 대무영은 여자의 눈물에 약하다.

그는 자신의 무공은 외공기가 근원이기 때문에 심법은 필요하지 않다고 생각했지만 나운정이 배워두면 이로운 점이 한두 가지가 아니라고 열변을 토해서 결국 그러는 것도 나쁠 것 같진 않다고 한발 후퇴했다.

나중에 시간 여유가 생기면 차분하게 심법을 연마하면서 자신이 배운 여러 무공하고 이리저리 접목을 시켜볼 수도 있을 것 같았다.

더구나 나운정이 가르쳐 준 심법은 그녀의 사부 천무천인의 독문심법이다. 천하제일인의 심법이니까 당연히 굉장하지 않겠는가.

또 한 가지 흥미를 끄는 것은 심법을 오래 하면 신체가 자연적으로 이혈대법을 이룬다는 사실이다. 혈도에 제압되지 않는다는 것은 굉장한 일이다.

나운정은 사문의 무공을 절대로 외부인에게 전수하면 안 된다는 규칙 따위는 까맣게 망각했다.

대무영에게는 자신이 알고 있는 모든 것을, 그리고 목숨까지 바쳐도 아깝지 않다고 생각하기 때문이다.

어떻게 해서라도 그의 마음에 드는 여자가 되고 싶은 마음이 간절하다.

자신이 그를 얼마나 사랑하고 또 따르고 있는지를 증명하려고 발버둥 치고 있는 것이다.

예전에는 이렇게 단시간 안에 자신이 타인, 그것도 남자에게 빠져들 수 있을 것이라고는 상상도 해본 적이 없었다.

애정과 증오, 즉 애증(愛憎)은 종이 한 장 차이라는 옛말이 맞는 것 같다.

꿈에서조차 죽이고 싶어 했던 대무영이건만 이제는 죽어서 영혼이 되더라도 그를 따르고 싶을 만큼 사랑을 품게 되었으니 말이다.

만약 어제 계류에서 대무영이 그녀의 왼발마저 뒤틀리게 만들어놓고 또 순결을 파괴한 채 그대로 사라지는 일이 발생했으면, 아마 그녀는 치욕과 분노 때문에 미쳐 버리고 말았을 것이고 대무영을 불구대천의 원수로 여겼을 것이다.

그런데 돌파구가 생겼다. 운명이란 항상 두 가지를 제시하고 있다. 그 당시의 상황이 대무영과 그녀를 주종관계로 발전시킨 것이다.

지독한 고통 때문에 어쩔 수 없이 그의 종이 되기로 했으나 고통이 사라진 후에도 그녀의 마음은 변하지 않았다.

자신이 한 약속은 무슨 일이 있어도 반드시 지킨다는 것 때문이기도 했으나, 실상 그보다 더 큰 이유가 있었다. 그것은 아마 그렇게 해서라도 나중에 혼자서 증오와 원한으로 몸부림치는 절망적인 상황을 피해보려는 필사적인 자구책이었을지도 모른다.

그리고 무엇보다도 큰 사건이 있다. 그녀에게 대무영이 한 남자로, 그것도 자신의 순결을 가져간 남자로 각인되었다는 사실이다.

바로 그것이 여자다. 여자가 남자에게 품는 감정은 셋뿐이다. 원한이거나 무관심, 그리고 사랑이다.

대무영은 연조에게 글을 배웠으나 나운정이 말해주는 심법구결은 태반이 모르는 것투성이였다. 워낙 난해한 구결이라서 학문에 조예가 깊은 사람이라고 해도 이해하는 것이 쉽지 않았다.

나운정은 심법구결의 처음부터 대무영이 이해하기 쉽도록 차근차근 설명해 주었다.

심법구결이 적힌 책자가 있는 것도 아니고, 지필묵이 있어서 글로 써가면서 가르치는 것도 아니라 순전히 말로만 설명하는 것이지만, 대무영은 한 번 이해한 것에 대해서는 두 번 다시 묻지 않았다.

이 과정에서 나운정은 대무영의 학문이 깊지 않다는 것을, 아니, 아직도 글을 완전히 깨우치지 못했다는 사실을 알게 되었다.

그런데도 불구하고 심법구결을 설명하면 그는 대부분 한 번에 다 깨닫고 이해를 했다.

제대로 이해하지 못하는 부분은 다시 한 번 설명을 해달라고 부탁했다.

부끄러워하지 않았고 매우 진지한 자세였다. 그걸 보면 그가 철두철미한 성격이라는 것을 알 수 있었다.

아무리 난해한 부분이라고 해도 두 번째까지 설명하면 다 알아들었다. 결코 세 번 설명하게 만들지 않았다.

원래 무공을 배우는 거라면 사족을 못 쓰는 대무영은 처음에 배우지 않겠다고 손을 내저었던 것과는 달리 심법을 배우는 일에 푹 빠졌다.

심법구결을 모두 이해하고 나운정의 차분한 지시에 따라서 최초의 운공조식을 할 때 동이 트기 시작했다.

나운정은 가부좌의 자세로 앉아서 심법을 운공하고 있는 대무영을 보면서 내심 감탄에 감탄을 금치 못했다.

그녀가 처음 사문의 심법을 배운 것은 십사세 때였다. 사부에게서 총명이 지나칠 정도라는 말을 자주 들었던 그녀는 심법구결을 완전히 이해하는 데 보름이 걸렸었고, 최초로 운공을 하기까지는 한 달이 소요됐었다.

사문의 심법은 적전제자인 그녀와 사형 사도헌, 사매 주지화만 익혔으며 최초의 운공조식을 하기까지 걸린 시간은 사도헌이 한 달 보름, 주지화가 이십 일이었다.

세 명의 제자 중에서 가장 총명하다는 주지화가 이십 일 걸려서야 첫 운공조식을 한 데 비해서 대무영은 불과 한나절 만에 첫 운공조식을 한 것이다. 그러니 나운정이 어찌 놀라지 않겠는가.

"이제 유계구까지는 이십 리 정도 남았어요."

야산을 내려와서 끝이 보이지 않을 정도로 드넓게 펼쳐진 초원을 십오 리 정도 갔을 때 나운정이 말했다.

대무영은 가슴이 설레었다. 예전에는 이런 감정을 느껴본 적이 없었는데 지금은 한시라도 더 빨리 가족이나 다름이 없는 사람들을 만나고 싶었다.

그러나 유계구가 가까워질수록 한 가지 걱정하는 마음이 조금씩 더 커져만 갔다.

나운정을 돌려보내야 하는데 어떻게 말을 꺼내야 할지, 돌아가라고 하면 그녀가 어떤 반응을 보일지를 생각하니 마음이 착잡해졌다.

비록 짧은 시간이었으나 그녀와 가까워졌기 때문일 것이다. 이렇듯 사람 사이에 정이 생기게 되면 이별이 어려워지는 법이다.

"유계구에서 기다리고 있는 사람들은 주인님하고 어떤 관계인가요?"

하지만 그의 그런 마음을 전혀 모르는 나운정은 곁에서 나란히 달리면서 즐겁게 종알거렸다.

그런 모습은 마치 객지에서 만나 부부의 인연을 맺은 남편을 따라서 고향집을 찾아가는 아내 같았다.

대무영은 그녀에게 유계구에서 기다리고 있는 사람들이 누구이며 자신하고 어떤 관계인지, 심지어 그들이 배에 타고 있다는 말조차도 하지 않았었다.

다만 그녀는 해란화가 대무영을 기다리고 있다는 사실만 알고 있을 뿐이다.

"가족들이다."

"가족인가요? 아아… 그분들을 만나게 되면 저는 어떻게 하면 되죠?"

대무영의 대답에 그녀는 초조해서 어쩔 줄 모르다가 갑자기 그의 옷자락을 잡으며 멈췄다.

"제 꼴이 너무 심하지 않은가요?"

그녀는 입고 있는 옷을 이리저리 둘러보며 잔뜩 걱정스런 표정을 지었다.

상의는 그런 대로 괜찮은데 피에 흠뻑 젖었다가 빨아서 입은 치마는 핏자국이 얼룩덜룩해서 지저분했다. 더구나 그녀는 치마 안에 속곳도 입지 않았다.

"어디 근처의 마을에 잠시 들러서 제대로 된 옷이라도 사서 입어야 하지 않겠어요?"

대무영은 더 늦기 전에 지금 나운정을 돌려보내야겠다고 생각했다.

"이봐."

"그게 뭐예요? 혹시 제 이름을 모르세요? 나운정이에요. 정아라고 이름을 부르세요."

아무것도 모르는 나운정은 대무영의 가족을 만난다는 사실에 한껏 들떠 있다.

"이름을 부르지 않으면 이제부터는 주인님의 말을 듣지 않을 거예요."

두 사람은 주종관계이고 그녀는 입으로 주인님이라고 하면서 행동은 연인이나 아내처럼 굴었다.

"정아."

"말씀하세요, 주인님."

그녀는 두 손을 앞에 모으고 짐짓 공손한 체하면서 몸을 꼬며 교태 어린 표정을 지었다.

"이제 너는……."

"아!"

대무영과 마주보고 선 나운정이 문득 그의 뒤쪽을 보다가 무엇을 발견하고 낮은 탄성을 터뜨렸다.

대무영은 덤덤한 얼굴로 뒤돌아보다가 슬쩍 미간을 좁혔다.

초원의 북쪽 방향에서 한 사람이 다가오고 있는 것을 발견했기 때문이다.

"사부님……."

그런데 나운정이 떨리는 목소리로 중얼거리는 것을 듣고 움찔 놀랐다.

그녀의 사부는 천무천인이다. 그렇다면 지금 북쪽에서 다가오고 있는 인물이 천무천인이라는 얘기다.

대무영은 적잖이 긴장하여 나운정을 쳐다보았다. 그녀는 다가오고 있는 인물에게 시선을 고정시킨 채 크게 놀라는 표정을 짓고 있었다.

"그가 천무천인이냐?"

"네……."

대무영은 그녀의 넋 나간 얼굴을 보면서 착잡한 심정을 금치 못했다.

운이 따라주지 않았다. 유계구를 이십여 리 남겨놓은 시점에서 천무천인과 마주치게 되었으니 이 일은 필경 득은 없고 실이 많을 것이다.

도주는 불가능할 터이다. 천무천인의 눈에 띈 이상 붙잡히고 말 것이다.

"제가 사부님을 붙잡을 테니까 어서 가요."

나운정이 대무영의 팔을 붙잡고 초조하게 표정을 지었다. 방금 전까지 새 옷을 사 입어야 한다느니 대무영의 가족을 만나면 어떻게 하냐면서 조바심을 내더니 그런 것은 다 잊어버린 모양이다.

도망치는 것도 하나의 방법이다. 그는 어차피 나운정을 떨쳐 내려고 했었다.

또한 이 일에 대해서 천무천인이 제자인 나운정을 꾸짖기는 할지언정 설마 죽이지는 않을 것이다.

그리고 때마침 대무영은 삼족오로 화해서 비행을 하면 도주할 수 있다는 사실에 생각이 미쳤다.

"거기에서 절 기다려 주시겠어요?"

그녀는 안타까운 표정을 지었다. '거기'라는 것은 유계구를 가리킨다.

천무천인이 두 사람의 대화를 들을 것이므로 그녀는 일부러 '거기'라고 암시했다.

대무영은 나운정의 얼굴을 똑바로 쳐다보지 못했다. 그것은 유계구에서 그녀를 기다리지 않겠다는 뜻으로 그녀에게 받아들여졌다.

나운정의 얼굴이 크게 흔들렸다. 대무영에 대한 맹목적인 믿음이 무너지고 있다.

다시 한 번 분명하게 확인하고 싶지만 용기가 없다. 또한 그의 대답을 들을 자신도 없다.

"가세요."

확!

순간 나운정은 충격받은 모습을 감추고 대무영의 등에 두 손을 대더니 힘껏 밀었다.

그 힘에 의해서 대무영은 순식간에 십여 장 이상 날려가면서 그녀를 돌아보았다.

하룻밤 춘몽(春夢)으로 끝난 사랑의 도피를 슬퍼하면서도 애써 미소를 짓고 있는 그녀의 모습이 대무영의 동공 속으로 파고들었다.

그런 나운정의 슬픈 얼굴이 멀어지고 있을 때 어떤 생각이 대무영의 뇌리를 스쳤다.

'저 여자는 좋은 여자다. 믿음을 짓밟는 짓은 사내가 할 짓이 아니다.'

그는 나운정을 향해 몸을 돌리면서 전음을 보냈다.

[그곳에서 기다리겠다.]

방금 전 슬픔 때문에 눈물을 글썽거리던 나운정의 얼굴에 환한 미소가 피어나는 것을 보고 대무영은 몸을 돌리자마자 외공기와 청삼족오를 동시에 끌어올렸다.

청삼족오와 일체가 되어 하늘 높이 솟구쳐 비행을 하여 도주하려는 것이다.

그는 찰나지간에 지상 이십여 장 높이로 떠올랐으며 계속해서 더 높이 솟구쳤다.

나운정과 천무천인이 어떻게 하고 있나 돌아보고 싶지만 그 사이에 한 자라도 더 달아나야만 했다.

그가 천무천인하고 싸운다면 승산이 일 할도 없을 것이다. 그런 싸움을 시작하는 것 자체가 어리석은 짓이다. 또한 천무천인하고 싸울 이유도 없으며 설혹 목숨을 걸고 싸워서 이긴다고 해도 득이 없다.

"조심해요! 위쪽이에요!"

그때 대무영은 뒤쪽에서 터져 나오는 나운정의 다급한 외침을 들었다.

위쪽을 조심하라는 외침이다. 위쪽이라니, 설마 천무천인 말고 다른 자가 있다는 말인가.

대무영이 청삼족오와 일체가 되어 하늘로 날아올랐을 때 천무천인하고의 거리는 아무리 못해도 백여 장 이상이었다. 그러므로 누군가 머리 위에서 공격하려고 한다면 천무천인일 리가 없다.

그는 나운정의 외침을 듣는 순간 다급히 머리 위를 쳐다보았고, 그 순간 흠칫 놀랐다.

그의 위쪽 오 장 높이에 오십대 중반의 청수한 인물이 아래를 굽어보는 자세로 날아가고 있었다. 그는 대무영이 조금 전에 보았던 천무천인이 분명했다.

일신에 백삼을 입었으며 코밑과 입주위에 검고 짧은 수염을 길렀고 매우 준수한 용모에 후리후리한 약간 마른 듯한 체구를 지닌 인물이다.

대무영은 그가 담담한 표정을 짓고 있으며 그렇게 높은 곳에서 비행하면서도 그냥 지상에 서 있는 것처럼 편안한 모습이어서 더 높이 그리고 더 빨리 비행할 수도 있는데 자신과 나란히 날고 있는 것이라는 사실을 깨달았다.

한마디로 그는 대무영하고 차원이 다르다는 사실을 보여주고 있었다.

'두 번 말하지 않겠다. 지상으로 내려가라.'

대무영이 위를 쳐다보고 있는 동안 머릿속에서 누군가의 목소리가 웅웅거렸다.

천무천인이 말한 것인데 그는 입도 달싹거리지 않았으며 전음처럼 귀에서 울리지도 않았다. 마치 대무영이 머릿속으로 생각을 하는 것 같은 현상이었다.

그는 지상으로 내려가라고 말했다. 아니, 명령했다. 하지만 그 말에 따를 대무영이 아니다.

오히려 청삼족오를 극한으로 끌어올려 더욱 속도를 높여 비행했다.

백삼인 천무천인은 마치 푸르고 커다란 독수리처럼 보이는 대무영이 더욱 속도를 내서 날아가자 아무런 표정도 없이 오른손을 아래를 향해 슬쩍 뒤집었다.

눈에 보이지도 않고 아무런 음향도 내지 않는 무형무음의 무언가가 대무영을 향해 내려꽂혔다.

쩌억!

"크헉!"

다음 순간 대무영은 등이 온통 부서지는 듯한 묵직한 충격을 받고 곧장 일직선으로 지상을 향해 추락했다.

퍽!

"흐윽……."

그는 초원에 모질게 부딪치고는 반 장이나 퉁겨졌다가 풀더미 속에 쓰러졌다.

천무천인이 재차 공격할 것이라고 생각하여 안간힘을 써서 일어나려 했으나 어찌 된 일인지 몸에 힘이 한 움큼도 남아 있지 않았고 또 온몸이 조각나는 듯 고통스러웠다. 방금 전 일격이 치명적이었던 것 같았다.

그러나 천무천인은 재공격을 하지 않았다. 대무영이 엎드린 자세에서 힘겹게 고개를 들자 앞쪽 이 장 거리에 천무천인이 풀잎처럼 가벼이 내려서고 있는 것이 보였다.

그리고 그는 그저 표표히 그 자리에 서 있을 뿐이다. 그래서 대무영은 그가 자신이 일어나기를 기다리고 있다는 사실을 깨달았다.

그런데 잠시가 지나자 대무영은 등의 고통이 빠르게 사라지면서 움직일 수 있게 되었다.

그래서 그는 또 한 가지 사실을 깨달았다. 조금 전 천무천인의 공격은 그를 다치게 하려는 것이 아니라 단지 지상에 내려서게 하려는 의도였다는 사실이다.

그리고 또 한 가지. 천무천인은 대무영이 도저히 범접할 수 없는 높은 경지에 있다.

그러므로 그와 싸워서 승부를 보려는 것은 미친 짓이다. 머리, 즉 계책을 써야만 한다.

"일어나라."

계책을 써야 할 시기는 지금이 아니다. 천무천인은 대무영이 다치지 않았다는 사실을 알고 있으므로 계속 쓰러져 있거나 꼼수를 부리는 것은 적절하지 않다.

조금 전에는 온몸이 부서질 것처럼 고통스러웠는데 지금은 언제 무슨 일이 있었느냐는 듯 아무렇지도 않다. 대무영은 천무천인에게서 시선을 떼지 않으면서 느린 동작으로 일어섰다.

그때 나운정이 달려와 대무영을 부축했다.

"괜찮아요? 다치지 않았어요?"

그러는 그녀의 두 눈에 눈물이 가득했다. 사부가 있는데도 그의 곁으로 가지 않고 대무영에게 달려와서 걱정해 주고 있는 그녀의 행동이 그녀가 지금까지 대무영을 어떻게 생각하고 있었는지를 대변해 주고 있었다.

이런 와중에도 대무영은 조금 전에 그녀를 떨쳐 버리려고 했던 것에 대해서 미안한 마음이 들었다.

나운정은 자신이 나서서 대무영을 보호하면 무사할 것이

라고 생각했다.

그녀는 사부가 자신을 얼마나 귀여워하는지 알기 때문에 대무영을 진심으로 사랑하고 있다고 고백하면 용서해 줄 것이라고 믿었다.

"사부님……."

나운정이 눈물을 흘리면서 바라보자 천무천인은 자상한 미소를 지었다.

그 미소를 대하니까 나운정은 용기가 생겼고 역시 자신의 믿음이 맞는다고 생각했다.

"정아, 너는 왜 저자 옆에 있는 것이냐?"

목소리 또한 온화했으며 자애로움이 넘쳤다.

"사부님… 제자는……."

나운정은 말을 멈추고 두 팔로 대무영의 팔을 꼭 잡은 후에 다시 말을 이었다.

"저는 이 사람을 사랑하고 있어요."

천무천인의 눈이 약간 커졌을 뿐 다른 변화는 없었다.

"그는 누구냐?"

"이 사람은 대무영이라고 해요."

"대무영?"

천무천인은 그 이름을 잘 알고 있다. 자신의 셋째제자인 주지화에게서 수없이 들었기 때문이다.

그녀는 천성관에 머무는 지난 일 년 반 동안 언제나 입을 꼭 다물고 있었으나 간혹 입을 열기만 하면 대무영이라는 이름을 말했었다.

천무천인은 일 년 반 전에 사도헌과 나운정이 형산에서 주지화를 데려올 때 대무영이라는 청년하고 함께 있었으며 나운정이 그를 혼내줬었다고 들었다.

이후 천성관에 머물게 된 주지화는 틈만 나면 탈출하려고 했었고, 붙잡은 후에 왜 그랬느냐고 물으면 대무영을 만나야 한다고 울부짖었었다.

그런데 이제는 둘째제자 나운정마저 사부 면전에서 당당하게 대무영을 사랑한다고 고백했다.

주지화가 그 이름을 말하기 전까지 천무천인은 대무영이라는 이름을 들어본 적도 없었다.

시간상으로 볼 때 나운정이 대무영을 다시 만난 것은 길어야 이틀 짧으면 하루 전일 것이다.

그런데 어떻게 해서 불과 하루나 이틀 만에 사부 앞에서 당당하게 그를 사랑하고 있노라 말할 수 있는 사이가 될 수 있었다는 말인가.

그러나 천무천인은 마치 사윗감을 소개받은 아버지처럼 자상한 미소를 지었다.

"정아, 헌아는 어디에 있느냐?"

그가 조용한 목소리로 사도헌의 소재를 물었다. 나운정과 함께 있어야 할 사도헌이 보이지 않기 때문에 사부로서 당연한 물음이다.

"그는… 죽었어요."

입술을 깨물면서 그렇게 대답하며 나운정은 왈칵 눈물이 솟구쳤다. 새삼스럽게 그의 죽음이 생각났기 때문이다.

천무천인의 눈이 조금 전보다 더 커졌다. 큰 제자 사도헌이 죽었을 것이라고는 예상도 하지 않았었다.

"어떻게 죽었느냐?"

그의 목소리가 차분하게 가라앉았다.

"사형은……."

나운정은 대답하지 못하고 눈물만 흘렸다. 슬픔에 겨운 탓도 있지만 대무영이 사도헌을 죽였다고 차마 말할 수 없기 때문이다.

"내가 죽였소."

어차피 드러날 일이다. 그래서 대무영은 비굴하게 속이거나 감추고 싶지 않았다.

"네가?"

천무천인의 얼굴에 어이없다는 기색이 스쳤다. '네까짓 게 사도헌을 죽여?' 라는 표정이다.

그 말을 듣기 전까지만 해도 그는 대무영을 자신의 여제자들이나 후리는 기생오라비 정도로만 여겼었다.

"정말이냐?"

평소 천무천인은 확인 같은 것은 하지 않지만 이 일은 확인이 필요했다.

"그렇소."

"무슨 수법으로 그를 죽였느냐?"

자신의 진전을 고스란히 물려받은 사도헌을 죽일 수 있을 만한 수법이 존재한다는 사실을 그는 믿기 어려웠다. 존재한다면 그것이 무엇인지 알고 싶었다.

"당신은 몰라도 되오."

대무영은 이 상황에서 천무천인의 감정을 더 격앙시키는 행위를 하고 싶지 않았다.

하지만 그렇다고 해서 삼족오의 기운으로 짓뭉개기라는 수법을 전개하여 사도헌을 죽였다고 일일이 설명할 수는 없는 노릇이다.

천무천인은 대무영을 주시했다. 그의 눈빛은 더 이상 자애롭지 않고 표정은 더 이상 온화하지 않았다.

그저 담담한 표정이지만 대무영은 그 얼굴에서 분노를 억누르는 것을 읽을 수 있었다.

천하제일인이 자신의 대제자의 죽음 때문에 분노하는 것은 당연한 일이다. 그리고 거기에는 반드시 어떤 응징이 뒤따를 것이다.

"그는 어디에 있느냐?"

"사형은 제가 묻어드렸어요."

나운정은 울면서 말하고 나서 그 위치를 설명해 주었다.

"음."

설명을 듣고 난 천무천인은 뒷짐을 지고 고개를 들어 먼 하늘을 바라보았다.

대무영은 그의 표정에서 제자를 잃은 사부의 고뇌를 읽을 수 있었다.

천무천인뿐만 아니라 누구라도 자신의 제자를 잃으면 괴로워하기는 마찬가지일 것이다.

대무영은 그가 정인군자이기를 바라면서 자신이 지금의 상황에 처하게 된 경위를 설명하기 시작했다.

"내 말을 들어보시오."

천무천인이 설명을 다 들으면 대무영의 처지와 그럴 수밖에 없었다는 것을 이해해 주리라 믿었다. 누구라도 그 상황에서는 그럴 수밖에 없었을 것이기 때문이다.

천무천인은 대무영의 설명이 다 끝날 때까지 허공을 응시하는 자세 그대로 서 있었다.

나운정은 대무영에게서 똑같은 설명을 두 번째 들었다. 그런데 첫 번째 들었을 때하고는 느낌이 전혀 달랐다.

그때는 대무영이 무슨 소리를 하는지 귀에 한마디도 들어오지도 않았으며 오로지 죽이고 싶은 마음뿐이었지만 지금은 아니다.

나운정 자신이 그 상황에 처했더라도 대무영처럼 행동했을 것이라는 생각이 들었다.

"나는 단지 내 여자를 되찾고 싶었을 뿐이오."

대무영은 마지막으로 그렇게 말하면서 그리 길지 않은 설명을 끝냈다.

그가 설명을 끝내고 나서도 잠시가 지나서야 천무천인은 허공에서 시선을 거두었다.

"너는 나와 같이 가야겠다."

천무천인의 나직한 그 한마디에 대무영의 기대가 여지없이 무너졌다. 대무영의 설명이 그에게는 아무런 소용이 없었다는 것이다.

"그럴 수 없소."

"거역하는 것이냐?"

"내 설명을 듣지 못했소?"

"들었다."

설명을 다 듣고서도 막무가내로 억지를 부리는 천무천인에게 실망을 넘어 한심하다는 생각이 들었다.

"애당초 당신이 주현이라는 자를 돕지 않았으면 일이 이렇게까지 커지지 않았을 것이고 나도 내 여자를 찾아서 별일 없이 돌아갔을 것이오."

천무천인이 미간을 좁혔다. 듣기 싫다는 표정이다.

"주현이 누구냐?"

나운정이 눈물을 닦고 나서 대신 대답했다.

"사매의 친오라버니인 천화 태자인데 이 사람은 그의 이름을 주현이라 알고 있어요."

대무영은 방금 뭔가 잘못 들은 것 같았다. 나운정의 사매는 주지화인데 그녀의 친오라버니가 천화 태자라니, 있을 수 없는 일이다.

"무슨 말이냐? 화야의 오라비가 천화 태자라니?"

대무영이 묻자 나운정은 눈을 동그랗게 떴다.

"모르고 계셨어요? 사매 주지화는 대명황제의 딸인 영화 공주예요. 그러니까 그녀의 오라버니가 천화 태자 주도현인 것은 당연하지요."

"주도현……."

대무영의 얼굴이 놀라움과 황당함으로 물들었다. 주도현과 주지화가 남매라는 사실은 알고 있었으나 그 둘이 대명제국의 태자와 공주였다니 상상해 본 적조차 없었다.

그러나 이제 돌이켜 생각을 해보니까 과연 두 사람은 태자와 공주의 기품을 지니고 있었다.

아니, 그런 것이야 어쨌든 상관이 없다. 중요한 것은 지금 눈앞의 상황이다.

그렇다면 합비의 만희각에서 해란화를 데려간 사람은 주도현이라는 얘기가 된다.

"도현이 해란화를 데려갔었던 것이냐?"

확인이 필요했다.

"네. 그가 합비에서 해란화를 데리고 북상하는 도중에 천성관에 사매를 데리러 가기 위해서 난마에게 해란화를 잠시 맡겼었던 거예요."

대답하고 난 나운정은 의아한 표정으로 물었다.

"천화 태자를 아세요?"

대무영이 그를 '도현' 이라고 불렀기 때문이다.

"음. 그는 내 친구다."

"아……."

나운정은 믿을 수 없다는 듯 눈을 커다랗게 떴다.

"아마 그는 해란화가 내 여자라는 사실을 모르고 그런 행동을 한 것 같다."

만약 주도현이 그 사실을 알았다면 해란화를 데려가지 않았을 것이다.

아니, 알았더라도 그랬을 수 있다. 해란화가 합비 만희각에 감금된 상태에서 고생하고 있다는 사실을 알았다면 무슨 수를 써서라도 구해서 대무영에게 돌려보내려고 했을 것이다. 그는 능히 그러고도 남을 사람이다.

하지만 지금 상황에서의 그는 해란화가 대무영의 여자라는 사실을 몰랐을 가능성이 크다.

어쩌면 만희각에서 해란화를 구해야 한다는 사명감 때문에 그랬을 수도 있다.

대무영은 이번 일이 오해에서 비롯된 것이라고 깨달았다. 만약 해란화를 데려간 사람이 주도현이라는 사실을 알았더라면 그토록 조바심을 내지 않았을 것이다. 그에게 해란화가 자신의 여자라는 사실을 알려주기만 하면 나머지는 그가 다 알아서 했을 테니까 말이다.

나운정은 천무천인을 보며 환한 표정을 지었다.

"사부님! 이분이 천화 태자하고 친구 사이래요!"

그녀는 하나의 무기가 더 생겼다. 자신이 대무영을 사랑하고 있다는 것이 첫 번째 무기이고, 대무영과 천화 태자가 친구라는 것이 두 번째 무기다. 그러면 사부가 대무영을 건드리지 못할 것이라고 생각했다.

# 第九十七章
소인배에게 당하다

찌우—

"흐악!"

대무영은 삼 장 거리의 천무천인이 그저 가볍게 슬쩍 오른 손을 젓는 것을 보았을 뿐인데 다음 순간 무형무음의 엄청난 경기(勁氣)가 가슴 한복판에 적중되어 처절한 비명을 터뜨리며 쏜살같이 날아갔다.

나운정은 사부가 대무영에게 급습을 할 줄은 몰랐다. 그래도 혹시나 하는 마음에 두 팔로 대무영의 팔을 가슴에 꼭 안고 위기의 순간에 그를 구하려고 했었다.

하지만 그녀가 미처 어떻게 해볼 새도 없이 대무영이 당하고 말았다.

"주인님!"

그녀는 하루 만에 입에 배어버린 주인님을 목청이 찢어져라 외치면서 그에게 달려갔다.

그 주인님이라는 호칭이 또다시 천무천인의 비위를 뒤틀리게 만들었다.

방금 전에도 그는 대무영에게 자신을 따라 천성관에 가서 이 일을 해결하자고 좋은 말로 타일렀었다.

그러나 대무영은 일언지하에 거절했으며 천무천인이 한 번 더 종용하는 것까지도 거절했다.

그리고는 무슨 일이 있어도 지금 당장 떠나겠다고 선언을 했다.

그냥 놔두면 그가 떠나버릴 기세였기에 천무천인은 공격할 수밖에 없었다.

그리고 그는 자신의 애제자 사도헌을 죽인 대무영을 절대로 용서할 수가 없었다.

대무영을 사랑한다고 충격적인 고백을 한 제자 나운정이 그를 '주인님'이라고 부르는 소리에 천무천인은 처음으로 얼굴에 은은한 분노를 드러냈다.

여태까지는 대무영을 천성관으로 끌고 가서 자신의 규칙

과 법에 의해서 죗값을 치르게 할 생각이었으나 지금 천무천인은 처음으로 대무영을 죽이고 싶다는 살의를 느꼈다.

"주인님! 으흐흐흑!"

나운정은 십오륙 장이나 날아가서 패대기쳐진 후에도 오 장이나 더 굴러가서 겨우 멈춘 대무영을 부둥켜안고 거세게 울부짖었다.

천무천인은 방금의 일격에는 손속에 사정을 두지 않았기에 대무영은 갈비뼈가 완전히 으스러졌다.

장기와 내장까지 파열됐는지 입에서 꾸역꾸역 핏덩이와 조각난 내장을 쏟아내고 있었다.

"쿨럭……."

나운정의 품에 안긴 채 그가 기침을 하자 시커먼 핏덩이가 분수처럼 솟구쳤다.

과연 대무영은 천무천인의 일 초식조차 받아내지 못했다. 그는 절대인 사도헌과 나운정하고도 일대일로 정정당당하게 붙으면 패하는 실력이다.

절대인 의형 백당하고는 기지를 발휘하고 또 모험을 감행해서 싸웠기에 운 좋게 이긴 것이다.

대무영에게는 청, 적삼족오의 기운을 마지막 한 움큼까지 쥐어짜 내서 공격하는 회심의 수법인 짓뭉개기가 있다. 오로지 짓뭉개기만이 절대를 상대할 수 있다.

그렇지만 그것의 치명적인 약점은 한 번 전개하고 나서는 기력이 완전히 고갈되어 잠시 동안은 아무것도 할 수 없다는 사실이다.

그러므로 우열을 가린다면 그는 절대의 수준까지는 미치지 못하는 것이 분명하다.

아마도 절대에는 못 미치고 신위보다는 고강한 중간 정도의 수준일 것이다.

대무영은 나운정의 품에 안겨서 힘겹게 눈을 뜨고 그녀를 바라보았다.

"정아… 미안하구나……."

힘이 없어서 눈을 다 뜰 수도 없다. 말을 하는데 입에서 피가 계속 쏟아지며 불분명한 소리를 만들었다. 그래도 나운정은 그의 말을 알아듣고 폭포처럼 눈물을 쏟으면서 그를 부둥켜안았다.

"으흐흑……! 그런 말 말아요… 주인님이 뭐가 미안해요……. 제 잘못이에요… 흑흑흑……!"

그러나 대무영은 대답이 없다. 그는 나운정의 말을 듣지 못하고 눈을 감으면서 혼절의 깊은 나락으로 추락했다.

"주인님!"

뼛속까지 대무영을 사랑하게 되었으면서도 입으로는 주인님을 울부짖는 나운정은 대무영이 혼절하는 것을 보고 자지

러져서 급히 그의 맥을 짚어보았다.

잠시 후 그녀의 안색이 밀랍처럼 해쓱해졌다. 대무영의 맥이 아예 뛰지 않는 것이나 다름이 없을 정도로 극히 미약했기 때문이다. 방금 전 일격에 심각한 장기의 손상을 입은 것이 분명했다.

지금 당장 어떻게라도 손을 쓰지 않으면 대무영은 이대로 눈을 뜨지 못할 것이라는 데 생각이 미치자 나운정은 피가 마를 정도로 안타까웠다.

그녀는 비 오듯이 눈물을 흘리며 허둥거리면서 주위를 둘러보다가 뒤쪽 저만치에서 천무천인이 다가오는 것을 발견하고 광적으로 울부짖었다.

"오지 말아요! 만약 이 사람이 죽는다면 나는 죽을 때까지 사부님을 원망할 거예요!"

천무천인은 풀잎 위를 미끄러지듯이 다가가다가 뚝 신형을 멈추고 착잡한 표정을 지었다.

대제자 사도헌이 죽고 이제는 둘째제자 나운정의 원망까지 듣게 되었다.

그러나 이게 끝이 아니다. 셋째제자 주지화가 이 사실을 알게 되면 그녀 역시 그를 원망할 것이다.

하지만 그렇더라도 대무영을 용서할 수 없다. 대제자 사도헌을 죽였기 때문이다.

사도헌의 죽음이 충격적이고 슬프기도 하지만 그보다 더 큰 문제는 천무천인의 위엄과 명예가 크게 실추되었으며 거기에 심각한 도전을 받았다는 사실이다. 그것은 절대로 용서할 수 없는 일이다.

초조하고 다급해서 어쩔 줄 모르던 나운정은 기적적으로 한 가지 방법을 생각해 냈다.

죽어가고 있는 대무영에게 자신의 본신진기를 주입하여 살려낸다는 것이다.

본신진기는 진기나 내공하고는 다르다. 그것은 한 사람이 무공을 배우기 시작하여 현재까지 단전에 차곡차곡 축적해 온 본연의 진기를 가리킨다.

나운정은 그 방법이 떠오르자마자 길게 생각해 볼 것도 없이 즉시 대무영의 가슴 한복판에 손바닥을 밀착시키고 본신진기를 주입하기 시작했다.

무인에게 본신진기는 생명보다도 소중한 것이다. 그것을 아낌없이 주려는 것이다.

'죽지 말아요, 제발……'

그녀의 뒤쪽 십오 장 거리에 서 있는 천무천인은 그녀가 대무영에게 본신진기를 주입하고 있다는 사실을 알지 못했다. 만약 알았다면 단호하게 제지하거나 대무영을 죽이고 말 것이다.

"음······."

나운정이 자신의 본신진기를 절반쯤 주입했을 때 대무영이 미약한 신음을 흘리면서 눈을 떴다.

그리고 그는 자신의 가슴을 통해서 부드럽고도 따스한 기운이 파도처럼 스며들고 있는 것을 느끼고 깜짝 놀라 그녀를 쳐다보았다.

"정아······."

"깨어났군요, 주인님······."

나운정은 기쁨의 눈물을 흘리면서도 본신진기를 주입하는 것을 멈추지 않았다.

대무영은 자신의 체내에서 거센 강줄기 같은 기운이 도도하게 흐르는 것을 느끼고 적잖이 놀랐다. 자신이 천무천인의 일격에 당하고 혼절한 후에 그녀가 진기를 주입했다는 사실을 직감적으로 깨달았다. 그녀가 지금 가슴에 손바닥을 밀착하고 있는 것이 그 증거다.

그리고 이것은 그냥 진기가 아니라 뭔가 더 깊고 진한 것이라는 사실과 그로 인해서 나운정이 피폐해졌을 것이라는 직감이 본능적으로 뇌리를 스쳤다.

가슴이 먹먹해지고 코끝이 시큰해졌다. 그는 나운정을 그저 도구로써 이용했을 뿐인데 그녀는 이토록 눈물겨운 정성을 쏟고 있는 것이다. 그는 자신의 가슴에서 그녀의 손을 떼어냈다.

"정아, 너……."

"으흐흑……! 주인님께서 죽는 줄만 알았어요……."

그러나 그녀는 대무영에게 쓰러지듯이 안기면서 울음을
터뜨렸다.

[어서 제가 가르쳐 준 심법을 운공해 보세요.]

나운정은 그의 가슴에 엎드린 자세에서 전음을 보냈다. 자
신이 그를 안고 있는 동안에는 천무천인이 어떤 행동을 취하
지 않을 테니까 그 사이에 운공조식을 해서 몸을 추스르라는
뜻이다.

대무영은 정신이 번쩍 들면서 지금이 어떤 상황인지 새삼
깨달았다.

천무천인은 근처에 있을 것이다. 나운정이 대무영을 감싸
고 있기 때문에 공격을 하지 못하거나 어떤 행동을 취하지 못
하는 것이 분명하다.

그렇다면 대무영이 몸을 추스를 수 있는 기회는 지금뿐이
다. 자신이 현재 얼마나 중상을 입었으며 어느 정도의 외공기
와 청, 적삼족오의 기운을 발휘할 수 있는지 가늠해야만 한
다. 그래야지 다음 상황에 대처할 수가 있다.

"주인님! 정신차려요! 으흐흐흑!"

나운정이 갑자기 그를 흔들면서 미친 듯이 울음을 터뜨렸

다. 천무천인 앞이라서 일부러 그러는 것이다. 대무영이 다시
혼절을 한 것처럼 보이게 해서 운공조식을 할 시간을 벌어주
려는 의도다.

대무영은 자신을 흔들면서 우는 나운정 품에 안긴 상태에
서 운공조식을 시작했다.

원래 운공조식이란 가부좌의 자세를 틀고 앉아서 정신과
몸을 가다듬고 해야 하지만 지금은 찬밥 더운밥 가릴 때가 아
니다. 무조건 해야 한다.

대무영은 아까 딱 한 번 운공조식을 해봤었다. 그때 그는
체내의 단전이나 여기저기에 흩어져 있는 외공기를 심법구결
에 따라서 전신혈맥으로 이끌어 주천시켰었다.

그렇지만 별 효과를 느끼지 못했었다. 그도 그럴 것이 단
한 번의 운공조식으로 무언가를 얻는다는 것은 우물에 가서
뜨거운 차를 찾는 것처럼 조급한 일이다.

'으음……'

운공조식을 시작한 지 얼마 지나지 않아서 대무영은 내심
무거운 신음을 흘렸다.

가슴이 찢어지는 것처럼 고통스러웠다. 마치 만근 바위가
짓누르고 있는 것 같기도 했다.

하지만 아까 천무천인에게 일격을 당했을 때와 비교하면
지금이 훨씬 편하다. 오죽하면 그때는 독종인 그가 혼절을 했

었겠는가.

아마 나운정이 본신진기를 주입해 주면서 내상을 치료해 준 것 같았다.

그러지 않았으면 이렇게 나아졌을 리가 없다. 이제는 숨을 쉬는 것도 한결 편해졌다. 아까는 숨을 쉴 수가 없어서 질식해서 죽을 것 같았었다.

나운정이 대무영을 안고 있다고는 하지만 천무천인이 하염없이 기다리지는 않을 것이다.

때가 되면 기다림을 끝내고 손을 쓸 것이다. 그전에 대무영은 뭔가 대비를 해야만 한다.

하지만 대무영은 운공조식을 해서 뭘 얻을 수 있게 될는지도 모르고 있다.

나운정이 하라고 하니까 그저 막연하게 운공조식을 하긴 하는데 막상 시작하니까 뭘 어떻게 해야만 할지 막막하기만 하다.

[주인님. 제가 주입한 진기와 주인님의 진기를 하나로 합쳐 보세요.]

그때 나운정의 전음이 들렸다. 무엇이든 합쳐지면 더 커진다. 그녀의 말인즉 두 개의 진기를 합쳐서 크게 만들어 뭔가를 모색하라는 뜻이다.

[제가 주입한 진기와 주인님의 진기를 단전으로 끌어내서

합치면 돼요.]

대무영은 그녀의 말에 따라서 우선 단전을 비운 다음에 그
녀가 주입한 진기를 그곳에 채웠다.

그랬더니 지금까지 한 번도 느껴보지 못했던 상쾌하면서
도 온화한 기운이 단전에 충만해졌다. 이것은 그가 지금껏 지
니고 있던 외공기하고는 질적으로 다른 내공기의 기운이 분
명했다. 외공기는 강력한 힘만 느껴지는데 내공기는 심신이
고루 편안했다.

그 느낌 덕분에 가슴의 고통이 씻은 듯이 사라지는 듯한 기
분마저 들었다.

그는 지금까지와는 달리 한결 편해진 몸과 마음으로 이번
에는 단전 근처와 전신에 흩어져 있는 외공기를 단전으로 모
았다.

지금까지는 외공기를 체내의 어느 특정 부위에 모으는 것
은 해본 적이 없었다. 그저 손이나 검을 통해서 밖으로 뿜어
내서 공격하는 것이 전부였었다. 즉, 싸우는 용도로만 사용했
었다.

그러나 이제는 새로 배운 심법구결로 운공조식을 해서 외
공기를 체내의 어느 곳으로나 이끌 수가 있게 되었다.

대무영으로서는 타인이 주입한 진기와 자신의 외공기를
합치는 일은 처음 해본다.

과연 두 가지 서로 상이한 기운이 하나로 합쳐질는지는 아직은 미지수다.

　나운정도 거기에 대해서는 확신을 갖고 있지 않는 것 같았다. 그렇지만 지금으로썬 그렇게 하는 것밖에는 별다른 방법이 없다.

　두 기운이 합쳐져야지만 대무영에겐 어떻게라도 해볼 수 있는 한 가닥 희망이 생길 테니까 말이다.

　드디어 체내의 각 부위에서 몰려든 수십 줄기의 외공기가 밀물처럼 단전으로 들이닥쳤다.

　이제는 돌이킬 수가 없다. 어차피 이게 잘못된다면 대무영의 운도 여기에서 끝이다.

　투투퉁…….

　'우욱…….'

　그 순간 외공기들이 단전으로 쏟아져 들어가며 그곳에 있던 내공기와 거세게 충돌했다.

　그는 마치 복부와 등허리가 커다랗게 구멍이 뚫리면서 관통되는 듯한 둔중하고도 휑한 통증을 느끼면서 한순간 정신이 아득해졌다.

　뿐만 아니라 두 개의 기운은 서로 합치지 못하고 단전에서 충돌을 거듭했다.

　그것은 마치 물과 기름을 작은 통에 부었을 때 서로 격렬하게 반응하는 것과 비슷했다.

나운정은 안고 있는 그의 몸이 움찔 떨리는 것을 느끼고 재빨리 전음을 보냈다.

[어서 삼결(三訣)을 운용하세요.]

그녀가 가르쳐 준 심법에는 도합 다섯 단계의 구결이 있으며 그것을 오결(五訣)이라고 한다. 오결은 각기 다른 기능을 지니고 있다.

대무영은 잠시 머릿속으로 삼결의 구결을 정리하고는 즉시 구결대로 운용했다.

그러자 두 기운의 충돌이 뚝 멈추었다. 그리고는 단전에서 빠르게 자리를 잡기 시작하더니 이윽고 움직임을 멈추고 잠잠해졌다.

대무영은 난생처음 느끼는 기이한 기분에 사로잡혔다. 단전에 하나의 둥글고 커다란 원형의 따뜻한 알을 품고 있는 느낌이다.

그런데 그 알 속에 두 개의 기운이 각기 절반씩의 공간을 차지하고 있으며, 딱 절반을 가른 공간이 아니라 내공기가 위쪽에서 물결처럼 구부러진 형태이며, 외공기는 아래에서 서로 마주 보는 형태로 똑같은 형태를 유지하고 있었다.

만약 그것을 그림으로 그린다면 필시 태극(太極)의 모양이 될 것이다.

대무영은 태극이 근본인 무당파 무공을 익혔기 때문에 그 것이 무엇인지 즉시 간파했다.

[그가 오고 있어요.]

나운정이 천무천인이 천천히 다가오는 것을 곁눈으로 보고는 재빨리 전음을 보냈다.

현재 나운정이 말한 대로 내공기와 외공기가 하나로 합쳐졌다. 그러나 대무영은 그것으로는 부족할 것 같아서 욕심을 부려보기로 했다.

내친김에 운공조식으로 아예 청, 적삼족오의 기운마저 단전에 함께 모아보려는 것이다.

그렇게 해야지만 그것들을 한꺼번에 짓뭉개기로 발출하여 천무천인을 상대할 수 있을 것이라는 생각이다. 그러지 않으면 승산이 없을 것 같았다.

그렇지만 청, 적삼족오의 두 기운은 단전의 원형을 이룬 기운하고 합쳐지지 않았다.

대무영이 아무리 유도를 해도 단전으로 들어가려 하지 않고 단전 밖에서만 마치 용암과 빙하처럼 서로 반대 방향으로 겉돌기만 하고 있었다.

"정아, 비켜라."

다가오는 기척도 느끼지 못했는데 천무천인의 목소리가 바로 뒤에서 들렸다.

대무영은 초조했으나 이대로는 천무천인을 상대하지 못하므로 어떻게든 청, 적삼족오를 단전의 두 기운과 합쳐야 한다고 생각했다.

실을 바늘허리에 묶어서는 사용할 수가 없다. 무슨 일이 있어도 바늘귀에 실을 꿰어야만 한다.

그는 임기응변으로 단전에 있던 두 기운을 밖으로 끌어내고 청, 적삼족오의 기운을 단전에 밀어 넣었다. 순서를 바꿔서 해보려는 것이다.

청, 적삼족오의 기운을 단전에 넣는 것도 처음 시도해 보는 것이다. 지금 하고 있는 모든 것들이 최초로 시도하는 것이다.

그런데 다행히 청, 삼족오의 기운은 단전 안에서 도도하게 흐르며 꿈틀거렸다.

이제는 밖으로 끌어냈던 내공기와 외공기를 안으로 집어넣을 차례다.

"비켜라."

그때 천무천인의 말과 함께 나운정의 몸이 허공으로 붕 떠올랐다.

천무천인이 무형지기를 발휘하여 그녀를 멀리 떨어뜨려 놓으려는 것이다.

그런데 그녀가 대무영을 꼭 끌어안고 있는 바람에 그도 함께 허공으로 떠올랐다.

그때 대무영은 내공기와 외공기를 각기 좌우에서 단전을 향해 밀어 넣고 있는 중이다.

탓!

천무천인은 손도 대지 않았는데 그의 무형지기에 의해 허공중에서 대무영과 나운정이 양쪽으로 분리되었다.

"그를 죽이지 말아요!"

나운정이 피를 토하듯이 절규하며 떨어져 나가고 누운 자세였던 대무영은 몸이 세로로 세워지면서 천무천인의 앞에서 느릿하게 하강했다.

그는 반쯤 눈을 뜨고 천무천인을 쳐다보았다. 얼굴은 핏기 없이 해쓱하고, 입과 코에서 흘린 피 때문에 얼굴과 턱, 가슴이 피투성이며, 힘이 하나도 없는 듯 무기력하게 늘어진 모습이다. 누가 보더라도 반격은커녕 죽어가고 있는 모습이 분명했다.

"주인님! 도망쳐요!"

천무천인의 무형지기에 의해서 이 장 밖에 사뿐하게 내려진 나운정은 대무영에게 다가오려고 발버둥 치면서 날카롭게 소리쳤다.

그녀가 대무영에게 내공기와 외공기를 합치라고 한 이유는 그것을 이용해서 도망치라는 뜻이었다.

나운정은 대무영에게 다가갈 수가 없었다. 천무천인의 무형지기가 올가미처럼 몸을 칭칭 묶고 있기 때문이다.

천무천인은 무형지기로 대무영의 몸을 똑바로 세워서 자신의 세 걸음 앞에 내려놓았다.

그즈음 대무영은 단전에 청, 적삼족오의 기운과 내공기, 외공기를 억지로 우겨넣고 운공조식을 끝내고 있었다.

"마지막으로 묻겠다. 나를 따라가겠느냐?"

대무영은 천무천인의 무형지기에 의해서 꼿꼿하게 선 자세로 천천히 눈을 치뜨고 그를 쏘아보았다.

"나는 이런 식으로 약자를 괴롭힌 적이 없다."

그는 상대가 천무천인이라서가 아니라 자신보다 나이가 많은 어른이기 때문에 공경한 말투를 사용했었으나 이제는 그럴 필요가 없다고 생각했다.

그의 생각으로는 천무천인은 적사파울이나 같은 부류의 인간이다.

그는 잡아먹을 듯 험상궂은 얼굴로 천무천인을 쏘아보며 으르렁거렸다.

"너는 쟁천십이류의 으뜸인 천무의 자격이 없는 소인배에 불과한 자다."

"이놈!"

천무천인은 분노로 얼굴이 붉어져서 발로 땅을 구르며 오른손을 치켜들면서 일격을 가하려고 했다.

"너는 죽음을 자초했다."

그러나 이미 대무영은 짓뭉개기를 발출하려고 잔뜩 벼르고 있었기에 천무천인이 오른손을 치켜드는 순간 두 손목의 안쪽을 맞붙이고 앞으로 힘껏 내뻗으며 단전에 모아두었던 네 가지 기운을 모조리 뿜어냈다.

큐우웅!

겉에는 푸르고 붉은 두 가지 색이 꼬여 있고, 그 안에 희고 검은 흑백의 또 다른 두 가지 색이 역시 꼬여 있는 네 개의 기운이 한 덩이가 되어 더도 덜도 아닌 번갯불처럼 무시무시하게 쏘아나갔다.

"……!"

일격을 발출하려던 천무천인은 움찔했다. 그리고 그 순간 어떻게 해볼 겨를도 없이 대무영의 짓뭉개기가 그의 가슴 한복판을 무지막지하게 두들겼다.

쾅!

"흐윽!"

그 순간 대무영은 벼락같이 천지검을 뽑으면서 천무천인에게 달려들었다.

원래 짓뭉개기를 전개하고 나면 기력이 고갈되지만 이 절호의 기회를 놓칠 수가 없어서 아예 천무천인을 요절낼 생각을 한 것이다.

그런데 기력이 완전히 고갈됐던 예전하고는 달리 천지검에 어느 정도의 기운이 주입되었다.

하지만 그것이 청, 적삼족오인지 내공기나 외공기인지 분간할 겨를이 없다.

지금은 무슨 수를 써서라도 천무천인의 정수리를 쪼개는 것이 급선무다.

그렇지만 천무천인은 짓뭉개기에 정통으로 적중되어 뒤로 날려가면서 원래 대무영을 공격하려고 들어 올렸던 오른손으로 재빨리 후려쳤다.

실상 그 수법은 제자들에게도 전수해 주지 않은 그만의 독문강기인 천인강(天刃罡)이라는 것이다. 그는 수십 년의 세월 동안 자신의 모든 정수(精髓)를 하나의 절학으로 완성시켰는데 그것이 바로 천인강이다.

천지검으로 벼락치기를 전개해 들어가던 대무영은 무방비 상태에서 가슴과 복부의 경계 부위에 천인강을 고스란히 적중당하고 말았다.

쩌억!

"크악!"

그는 처절한 비명을 토해내면서 쏘아낸 화살처럼 뒤로 쏜살같이 퉁겨 날아갔다.

지상에 내려선 천무천인은 코와 입에서 피를 흘리는 바람에 수염과 옷이 붉게 물들었다.

그는 방금 적중당한 짓뭉개기에 가벼운 내상을 입었다는 사실을 깨달았다.

아래를 내려다보니 상의 앞부분이 탔는지 얼었는지 스러져서 맨살이 드러났으며, 거기에는 두 개의 태극문양이 흐릿하게 찍혀 있었다. 둥글고 큰 태극 안에 작은 태극이 들어 있는 문양이었다.

쟁천십이류의 절대인 사도헌은 지금보다 약한 짓뭉개기에 가슴과 등이 관통되어 즉사했는데 천무천인은 거의 충격을 받지 않았다.

천인강 일격에 정통으로 적중됐던 대무영이 오히려 급습을 할 줄은 전혀 예상하지 못했었다.

대무영이 두 번째 천인강에 적중되었으나 교활한 그가 무슨 짓을 할지 모르기에 천무천인은 자신의 눈으로 확인을 해보고 확실하게 죽여야겠다고 생각했다.

와락!

"안 돼요! 그를 죽이지 말아요!"

그때 뒤에서 나운정이 두 팔로 천무천인의 허리를 있는 힘껏 끌어안으며 울부짖었다.

대무영은 두 번째 천인강에 적중되어 무려 삼십여 장이나 날아가 초원에 내동댕이쳐졌다.

믿어지지 않는 일이다. 단 일격에 대무영 정도의 절정고수가 삼십여 장이나 날려가다니 말이다.

그것은 천인강이 얼마나 강력한지, 그리고 그것에 적중된 대무영이 얼마나 지독한 중상을 입었을 것인지를 방증하고 있는 것이다.

대무영은 초원에 내동댕이쳐지면서 혼절하고 말았다. 하지만 나운정의 울부짖는 소리 때문에 곧 깨어났다.

그는 소리가 들려오는 곳을 쳐다보려고 하는데 몸이 말을 듣지 않았다.

그게 아니라 몸이 없어진 것 같았다. 정신은 남아 있는데 몸이 분해되어 갈가리 찢어져서 어디론가 사라져 버린 것 같은 이상한 느낌이다.

고통도 없다. 마치 바다 깊은 심해에 가라앉은 것 같은 먹먹하고 아스라한 기분이 들었다.

소리가 들려온 곳을 쳐다보려고 고개를 들려는데 눈이 자꾸만 돌아갔다.

'허어… 이렇게 죽는 건가…….'

한 번도 느껴보지 못했던 괴이쩍은 느낌이라서 그는 이것이 죽음의 전조쯤 되는 것 같다고 생각했다.

"주인님! 어서 도망쳐요!'

나운정의 찢어지는 듯한 외침이 들려왔다. 대무영이 듣기에도 절규 같은 외침이다.

'일어나자… 일어나야 한다…….'

그렇게 마음을 다잡고 공력을 끌어 올렸다. 그랬더니 단전에서 불끈하고 몇 움큼의 공력이 솟구치며 그를 벌떡 일으켜 세웠다.

일어섰으나 중심을 잡지 못하고 다시 풀썩 주저앉았다. 그리고는 두 다리를 부들부들 떨면서 간신히 일어섰다.

그때까지도 천인강에 적중된 고통이 느껴지지 않았다. 단지 온몸이 해체된 몽롱한 느낌만 있을 뿐이다.

인간이 고통을 느낄 수 있는 한계를 넘어섰기 때문이다. 너무 큰 소리나 작은 소리는 귀에 들리지 않는 것처럼, 지나치게 심한 고통 역시 느껴지지 않는다.

"주인님! 도망쳐요! 어서!"

"놓아라, 정아."

한 사람의 절규와 또 한 사람의 타이르는 말소리가 들려오는 곳으로 고개가 돌아갔다.

그리고 대무영은 나운정이 천무천인을 뒤에서 두 팔로 끌어안고 있는 광경을 발견했다.

"정아……."

"어서 도망쳐요! 어서!"

나운정은 자신을 쳐다보고 있는 대무영을 향해 피를 토하듯이 악을 썼다.

대무영은 천지검을 어깨에 꽂으면서 몸을 돌려 달리기 시작했다. 지금 자신이 할 수 있는 일은 도망쳐서 살아남는 것이라는 사실을 깨달았다.

두 다리가 실제로 움직이고 있는 것인지, 그저 마음으로만 달리는 것인지 알 수가 없지만 그래도 사력을 다해서 달렸다.

문득 그녀의 옥란을 보던 채무 ○○이 머릿속을 스쳤다. 이것이
여자의 신세에서 가장 소중하고 신비스러워야 할 부위란 모든
정에 믿어지지 않을 정도로 찢어지거나 곳곳이 시멸상게 멍물
해 놓은 채 너무 심하게 패이며 있어서 차마 그래를 고치도
미안한 마음이 들었다.

이제부터가 중요하다. 비록 앙가신이 장치를 얻은 경우에
는 수술로 치료가 됐었는데 과연 타이에게도 청삼촉오가 효
능을 발휘할 것인지 지금으로썬 상담한 수가 없다.

우선 청삼촉오의 기운을 끌어 죽여서 두 손에 주입을 한 다
음 두 손바닥을 펼쳐서 나온 장각 종아리를 조심스럽게 너듯
이 문질렀다.

스스스......

그런데 전혀 예상하지 못했던 일이 벌어졌다. 그녀의 오른
쪽 다리가 그가 손을 댄 종아리에서부터 급속하게 얼가 시작
하는 것이 아닌가.

쩌쩌저어......

"헛!"

갑작 놀라서 급히 손을 멨으나 오른쪽 발은 이미 발가락에
서부터 허벅지 안쪽 접지어 복문에 물어 있는 그까지 다 얼어
버렸다.

'이런... 너무 강했다.'

# 第九十八章

꽃잎처럼 지다

언제부턴가 대무영은 정신을 잃었다.

그가 다시 정신을 차렸을 때에는 달리고 있는 누군가의 등에 업혀 있었다.

휘익! 휙!

경공술을 전개하고 있는 인물의 오른쪽 어깨에 뺨을 대고 얼굴이 바깥쪽을 향해 있는 그는 웅얼거리듯이 힘겹게 입을 열었다.

"누… 구요?"

"아! 깨어났소?"

그를 업은 인물은 반가운 탄성을 터뜨렸으나 달리는 것을 멈추지 않았다.

"나 평락이요."

"평락……."

"벌써 나를 잊었소?"

대무영은 혼절에서 막 깨어난 상태라서 머릿속이 혼미하여 평락이라는 이름이 잘 기억나지 않았다.

하지만 자신을 평락이라고 말한 사람 특유의 구수한 목소리를 듣고 누구라는 것을 기억해 냈다.

"아… 평 형."

그는 소매곡 소매이십오혼 평락이었다. 며칠 전 대무영이 해란화를 구하는 과정에서 생사혈륜 난마를 죽였다가 본의 아니게 목숨을 구해준 일곱 명 소매전사의 우두머리 평락 바로 그였다. 그런데 그가 지금 대무영을 업은 채 달리고 있는 것이다.

헤어지기 전에 대무영은 그들 일곱 명과 일일이 통성명을 하고 친구가 되기로 했었다. 그리고 나중에 만나면 술이나 한잔하자고 말했었다.

평락은 대무영이 대뜸 호형(呼兄)을 하자 가슴이 뿌듯했다.

대무영은 평락의 어깨 바깥쪽으로 향하고 있는 얼굴을 그를 향해 돌리려고 하는데 말을 듣지 않았다. 얼굴이 아니라 목 자체가 움직이는 것 같지 않았다. 아니, 온몸이 마비된 것 같았다.

"어떻게 된 일이오?"

"천성관 휘하 승무단과 안휘성 전 지역의 방, 문파들이 대 형을 죽이려고 사냥감 몰 듯 하고 있다는 정보를 입수했소. 그래서 동료들과 함께 대 형을 찾아 나선 것이오."

이제 보니까 평락은 많이 지친 듯 심하게 헐떡거리면서 말을 이었다.

"그런데 개방제자들이 대 형을 찾고 있다는 사실을 알게 되어 우리는 흩어져서 그들을 뒤쫓았소."

"개방이……."

대무영은 의형 백당이 자신을 찾기 위해서 개방을 동원했을 것이라고 짐작했다.

"얼마 후에 개방제자 한 무리를 뒤쫓던 동료에게서 대 형을 발견했다는 연락이 와서 우리는 급히 달려갔었소."

대무영의 눈에는 끝없이 펼쳐진 초원만 보였다. 평락이 심하게 헐떡거려서 안쓰러웠으나 어떻게 된 상황인지 알아야겠기에 가만히 듣고만 있었다.

"그런데 개방제자 수십 명이 혼절해서 쓰러져 있는 대 형을 에워싼 상태에서 승무단 고수 백여 명과 치열하게 싸우고 있는 광경을 발견했소."

대무영은 천무천인으로부터 도주하다가 혼절해서 쓰러졌던 모양이다.

그나저나 개방제자들이 드러내놓고 대무영 편을 들어 승무단 고수들하고 싸우다니 뒷일을 어떻게 감당하려는 것인지 걱정이 앞섰다.

"그래서 나는 전음으로 개방제자들의 우두머리인 주풍개라는 자에게 나와 대 형의 관계를 자세히 설명한 후에 대 형을 빼돌려서 도망친 것이오."

대무영은 가슴이 훈훈해지는 한편으로는 납덩이처럼 무겁기도 했다.

그는 천무천인이라는 천하에 다시없는 소인배 때문에 갖은 고초를 겪고 있다.

하지만 그로 인해서 나운정이나 개방제자들, 소매전사들 같은 좋은 사람들을 만났다.

그렇지만 그들은 또한 대무영 때문에 하지 않아도 될 생고생을 하고 있으며 험난한 상황에 처했다. 그리고 훗날에는 그것 때문에 천무천인에게 상상하기도 어려운 보복을 당하게 될 것이다.

"평 형이 나를 발견한 것은 어디쯤이었소?"

"함산현(舍山縣) 남쪽 십 리쯤 떨어진 초원이었소."

나운정은 함산현을 지나서 십여 리만 가면 장강 변의 유계구가 나온다고 했었다.

그렇다면 그는 천무천인으로부터 도망쳐서 가족이 기다리고 있는 유계구를 불과 십여 리 남겨놓은 지점에서 혼절한 것이 분명했다.

"지금 이곳은 어디쯤이오?"

"북쪽으로 조금만 더 가면 강포현(江浦縣)이오."

"유계구하고는 얼마나 머오?"

"대략 백오십 리쯤이오."

대무영은 크게 실망했다. 가족이 기다리고 있는 유계구로 돌아가려고 그토록 아등바등했는데 유계구를 십여 리 남겨놓은 곳에서 오히려 백오십여 리나 멀어져 버린 것이다.

하지만 평락을 원망할 수는 없다. 그는 대무영이 어디로 가야 하는지 몰랐을 것이다.

"대 형의 가족이 유계구에서 기다린다는 사실을 주풍개가 말해줘서 알고 있었소. 그러나 주풍개는 그쪽에 승무단과 그 지역 방, 문파의 고수 수천 명이 깔려 있으니까 절대 그곳으로는 가지 말라고 말했소."

평락은 대무영의 목적지를 몰랐던 것이 아니다.

"그렇지만 나는 어떻게든 유계구로 가려고 시도했었는데

도저히 불가능했소. 오히려 발각되어 쫓기는 신세가 되어 이곳까지 오게 된 것이오."

쫓기던 중에 대무영을 업은 평락에게 활로를 열어주기 위해서 동료 세 명이 추격하는 승무단 고수들과 맞서 싸우려고 뒤로 쳐졌었다는 말은 그는 하지 않았다.

동료 세 명은 십중팔구 죽었을 것이다. 동료들의 죽음을 헛되게 하지 않기 위해서라도 반드시 대무영을 살리고 싶은 마음이 간절했다.

"강포현에 우리 배가 있소. 그걸 타고 장강을 건너 황산(黃山)의 본 곡에 들어갈 것이오. 그곳에서 대 형을 치료하고 몸이 완쾌되면 그때 움직이시오."

평락은 '본 곡'이라는 말을 대무영이 궁금하게 여길까 봐 설명을 덧붙였다.

"황산에 소매곡이 있소. 그곳으로 갈 것이오. 내가 다 알아서 할 테니까 대 형은 안심하시오."

대무영은 머리가 복잡했다. 가족이 기다리는 유계구에 가지도 못하고 쫓기다가 이제는 소매곡에서 은신해야 하는 신세가 된 것이다.

그뿐만이 아니다. 나운정은 어떻게 됐는지 몹시 궁금했다.

대무영을 죽이려고 하는 천무천인을 한사코 끌어안고 방

해를 했으니까 미상불 천무천인에게 큰 곤욕을 치를 것이라는 사실은 안 봐도 뻔하다.

또한 평락의 동료 일곱 명은 함께 행동했었는데 그들이 보이지 않는 것도 불안했다.

대무영을 데리고 도주하는 과정에서 그들이 죽기라도 한 것이 아닐까. 정말 그렇다면 대무영은 여러 사람에 이어서 이제는 평락과 그 동료들에게까지 큰 빚을 지게 된다.

마지막으로 그는 현재 자신의 몸이 어떤 상태인지 매우 궁금해졌다.

천무천인에게 천인강을 두 번이나 적중당한 몸으로 도주를 하다가 혼절했으니 필경 성한 몸은 아닐 것이다.

"평 형, 지금 내 몸이 어떤 상태요?"

평락은 주위를 한 차례 둘러보더니 이윽고 경공을 멈추고 숨을 헐떡였다.

긴 시간 동안 쉬지 않고 왔기에 그도 많이 지친 터라 이참에 좀 쉬어가려는 것이다.

"대 형을 잠시 내려주겠소."

이어서 평락은 대무영과 자신의 몸을 칭칭 묶은 줄을 주섬주섬 풀고 대무영을 조심스럽게 바닥에 눕혔다.

대무영은 평락이 긴 줄을 둘둘 말면서 옆에 앉는 것을 보며 물었다.

"나를 묶었소?"

"그렇소. 대 형은 목도 가누지 못하고 팔다리가 제멋대로 흔들려서 할 수 없이 묶었소."

대무영은 조금 전에 고개가 돌려지지 않았던 이유를 그제야 알게 되었다.

"잠시 기다려 주겠소?"

그는 평락의 대답을 기다리지 않고 누운 채 운공조식을 하기 시작했다.

평락은 눈을 감은 대무영을 잠시 지켜보다가 어깨에서 검을 뽑아 상체를 세우고 주위를 경계했다.

*　　　*　　　*

천무천인은 최전선에서 측근들을 진두지휘하고 있었다.

그는 대무영을 잡기 위해서 최측근을 비롯하여 천성관에서 삼백여 명의 최정예 고수를 불러왔다.

그들은 소림사와 무당파, 화산파 삼파(三派)가 합세해서 공격을 해도 패하지 않는다는 이른바 천하무적 천성신군(天聖神軍)이다.

천무천인이 직접 나서면 하늘과 천하를 움직인다는 말이 실감나는 광경이다.

"관주, 놈을 발견했다는 보고입니다."

천무천인이 어느 야산의 꼭대기에 올라 주위를 둘러보고 있을 때 호위고수 한 명이 달려와서 공손히 아뢰었다.

"어디냐?"

"강포현에서 서남쪽으로 십여 리쯤 떨어진 초원이라고 합니다. 소매전사 한 명이 놈을 업은 채 도주하고 있는 것을 발견했습니다. 현재 승무단 등 고수 오백여 명이 포위하고 있답니다."

천무천인으로서는 예상하지 못했던 장소에서 대무영이 발견됐다고 한다.

천인강을 두 번이나 정통으로 적중되고서도 그 자리에서 이백여 리나 도망치다니 예상했던 것보다 강한 놈이라고 천무천인은 생각했다.

"가자."

천무천인은 이번에는 아예 놈을 요절내리라고 마음먹으면서 몸을 돌렸다.

"관주, 삼천(三天)께서 오셨습니다."

그때 또 다른 호위고수가 달려와 보고했다.

천무천인의 세 명의 제자는 소삼천이라고 불리며, 사도헌이 일천, 나운정이 이천, 주지화가 삼천이다. 즉, 주지화가 왔다는 뜻이다.

천무천인은 천화 태자와 함께 북경 자금성으로 향한 주지화가 무엇 때문에 되돌아왔는지 짐작할 수 있었다.

그는 저만치에서 이쪽으로 달려오는 두 여자에게 마주 걸어가면서 왼쪽의 주지화에게 물었다.

"화야, 왜 돌아왔느냐?"

"사부님, 그를 죽이면 안 돼요."

주지화는 천무천인 앞에 멈추자마자 단도직입적으로 강력하게 요구했다.

"그라니, 누구 말이냐?"

"영랑, 아니, 지금 사부님께서 쫓고 계시는 대무영 말이에요. 이 모든 일이 오해에서 비롯된 일이에요. 제가 다 설명할 수 있어요."

천무천인은 주지화가 전과 다르게 말이 조리 있고 두 눈에 총기가 어리는 것을 발견했다.

"화야, 너 기억을 되찾았느냐?"

"네."

주지화는 짧게 대답하고 거기에 대해서는 더 이상 언급하지 않았다.

"대무영은 저와 잘 아는 사이예요. 그리고 오라버님하고는 막역한 친구예요. 오라버님이 합비에서 영랑의 여자인지 모르고 해란화를 데려가는 바람에……."

"다 알고 있다."

천무천인은 슬쩍 미간을 찌푸리며 주지화의 말을 끊었다.

"다 알고 있다면서 왜 이 지랄을 떨고 있는 거야?"

갑자기 주지화 옆에 있던 키 큰 여자가 대들 듯이 천무천인에게 소리쳤다.

그녀는 다름 아닌 북설인데 주지화와 함께 왔다. 여기까지 오는 동안 개방제자들에게 지금 상황에 대해서, 그리고 대무영이 천무천인에게 호되게 당한 후에 도주를 했는데 죽었는지 살았는지 행방이 묘연하다는 설명을 충분히 들었다.

그래서 북설은 지금 제정신이 아니다. 평소 같으면 천하제일인에게 어느 정도 예의를 갖추겠지만, 대무영을 죽였을지도 모르고 현재까지도 그를 핍박하고 있는 인물의 얼굴에 침을 뱉지 않은 것이 다행이다.

천무천인은 자신에게 이처럼 겁 없이 함부로 대하는 사람을 실로 오랜만에 봤다. 오늘 대무영이라는 놈에게 당하고 나서 두 번째다.

"언니, 참으세요."

주지화는 북설을 꾸짖기는커녕 그녀가 더 발작할까 봐 만류하고는 당돌한 자세로 천무천인에게 요구했다.

"사부님께서 다 알고 계시다면 더 이상 설명드릴 필요가 없겠군요. 이쯤에서 영랑에게서 손을 떼세요."

천무천인의 짙은 눈썹이 꿈틀거렸다.

"그놈이 헌아를 죽였다."

주지화는 꿈쩍도 하지 않았다.

"알고 있어요. 대사형이 영랑을 너무 핍박하다가 죽음을 자초했을 거예요."

"너……"

천무천인은 은은히 노했지만 꾹 눌러 참는 모습이다. 예전 같았으면 대명제국의 공주라는 신분 이전에 자신의 제자이므로 잘못된 점은 호되게 꾸짖었었다. 하지만 지금은 서로의 감정이 첨예하게 대립하고 있기 때문에 예전처럼 대할 수가 없었다.

대신 그는 일언지하에 거절했다.

"물러서라. 내 그놈을 반드시 잡아서 죽이겠다."

창!

"이 호랑말코 같은 새끼가!"

"설 언니!"

북설이 하룻강아지 범 무서운 줄 모르고 어깨의 검을 뽑으면서 천무천인에게 죽일 듯이 달려들며 소리치다가 주지화의 제지를 받았다.

주지화는 어깨를 쭉 펴고 두 손을 허리에 얹었다. 그녀와 북설 뒤에는 여기까지 그녀들을 호위해 온 황궁고수 이십 명이 위풍당당하게 도열해 있었다.

"정녕 안 되겠어요?"

"그렇다."

그러자 주지화의 표정이 싸늘하게 변했다. 그리고 위엄 있는 표정으로 싸늘하게 외쳤다.

"나 영화 공주 주지화가 명하노라!"

천무천인은 움찔 표정이 굳었다. 눈앞의 주지화는 방금 전까지는 그의 셋째제자였으나 지금은 지엄한 대명제국의 영화공주인 것이다.

주지화는 천무천인뿐만 아니라 모두에게 들릴 정도로 쩌렁하게 외쳤다.

"천무천인 독고천성 이하 모두 내 명을 받으라!"

사부의 이름을 부르며 명을 받으라는 말에 천무천인은 돌덩이처럼 굳은 얼굴로 주지화를 주시했다.

"거역하는 것인가?"

공주의 명을 거역하는 것은 곧 대명제국에 대한 반역이나 마찬가지다.

제아무리 천하제일인이라고 해도 그것은 강호에서의 일이다. 또한 강호는 대명제국의 통치하에 있다.

천무천인은 지그시 어금니를 악물고 주지화를 주시하다가
이윽고 천천히 그 자리에 무릎을 꿇었다.

"신 독고천성 공주의 명을 기다리오."

그러자 주위에 있던 천무천인의 호위고수들과 삼백 명의
천성신군이 일제히 주지화를 향해 무릎을 꿇었다.

"독고천성은 지금 당장 대무영으로부터 손을 떼고 물러날
것을 명한다!"

천무천인은 고개를 숙였다.

"명을 받드오."

"명을 거역할 시에는 천성관을 폐관하고 독고천성을 황궁
으로 압송할 것이니 그리 알라!"

"공주의 명에 따르겠소."

주지화는 천무천인을 내버려 두고 그의 호위고수에게 다
그치듯 물었다.

"지금 대무영이 어디에 있다고 했느냐?"

호위고수는 부복한 채 공손히 대답했다.

"강포현 서남쪽에 있습니다."

"안내해라."

주지화는 북설과 이십 명의 황궁고수를 이끌고 바람처럼
산 아래로 달려 내려갔다.

　강포현을 불과 오 리쯤 남겨놓은 지점의 초원에서 대무영과 평락은 승무단과 이 지역 방, 문파 고수들에게 포위를 당하고 말았다.

　대무영은 여전히 평락의 등에 업혀 있다.

　반 시진 전에 평락의 등에서 내린 대무영은 초원에 누워서 세 차례 연이어 운공조식을 해봤으나 아무런 효과를 거두지 못했었다.

　그는 천무천인에게 두 번씩이나 천인강에 적중되어 전신의 뼈마디가 조각조각 부서지고 내장과 장기가 거의 박살 난 상태였다.

　그 지경이 돼서도 초인적인 힘을 발휘하여 도주하다가 결국 한계에 이르러서 혼절하고 말았던 것이다.

　그러나 숱한 난관을 헤치면서 이곳까지 도주했는데 결국 강포현을 코앞에 놔두고 포위를 당하는 신세가 되었다.

　승무단 고수 백여 명이 포위망의 안쪽에서 서서히 좁혀오고 있는 것을 보며 대무영이 조용히 중얼거렸다.

　"평 형, 나를 내려놓으시오."

　"어쩌려는 것이오?"

　"저들이 원하는 것은 나요. 내 저들에게 말할 테니 평 형은 이곳을 벗어나시오."

평락은 눈을 부릅뜨면서 발을 굴렀다.

"대 형은 나를 그따위 소인배로 여기는 것이오? 내가 이곳
에 대 형을 버려두고 도망친다면 어찌 죽을 때까지 하늘을 우
러러 살 수 있겠소?"

평락의 강건한 우정은 대무영의 마음에 고스란히 전해지
고도 남았다.

그러나 그런 훌륭한 친구이기에 더더욱 평락을 죽게 내버
려 둘 수 없는 것이다.

"평 형, 내 계획은 이렇소. 평 형이 이곳에서 벗어난 후에
유계구에 있는 내 가족에게 이 사실을 알려주시오. 그럼 내
의형이 어떤 조치를 취할 것이오."

"대 형의 의형이 누구요?"

"금마절도 백당이오."

"금마절도……."

평락은 놀라움을 금치 못했다. 쟁천십이류의 절대 중 한 명
이 대무영의 의형일 줄은 전혀 예상하지 못했었다.

대무영은 어떻게든 평락을 살리고 싶었다. 그래서 그런 말
도 되지 않는 이유를 만들어낸 것이다.

아무리 백당이라고 해도 천하제일인 천무천인을 대적할
수는 없는 일이다. 백당이라고 해도 천무천인을 어떻게 할 수

는 없는 노릇이다.

평락은 우둔한 사람이 아니다. 그는 대무영의 속셈을 훤히 꿰뚫고 단호하게 고개를 가로저었다.

"거기에 대해서는 더 이상 말하지 마시오. 나는 오직 대 형과 생사를 같이 하겠소."

"평 형……."

대무영은 가슴이 뭉클해져서 과연 무슨 말을 해야 할지 알지 못했다.

그는 천무천인이라는 장벽에 부딪쳐서 갖은 고초를 겪다가 끝내 죽음을 목전에 둔 상황에 처했으나, 그로 인해서 나운정이나 평락과 소매전사들 같은 좋은 사람들을 만나는 행운을 얻었다.

이제 두 사람 앞에 놓인 운명은 죽음뿐이다. 현재 대무영은 손가락 하나 까딱하지 못하는 형편이고, 평락은 승무단 고수들을 몇 명이나 당해낼 수 있을까.

더구나 평락은 대무영을 업고 있는 상황이다. 결국 그는 싸우다가 죽을 수밖에 없을 것이다.

이윽고 우뚝 서 있는 평락의 주위 삼 장 거리까지 승무단 고수들이 포위망을 좁혀들었다.

그들 중 평락 앞쪽에 선 우두머리로 보이는 자가 웅혼한 목소리로 입을 열었다.

"나는 승무단 강포지단의 지단주 맹획(孟獲)이다."

맹획이라는 자는 손을 뻗어 대무영을 가리켰다.

"대무영을 내놓으면 네 목숨은 살려주겠다."

승무단과 각 방, 문파에게는 대무영을 반드시 생포하라는 천무천인의 지상명령이 내려져 있는 상황이다.

그렇기 때문에 맹획은 평락이 저항하다가 대무영이 죽게 될까 봐 염려하고 있는 것이다.

대무영이 뭐라고 하기도 전에 평락은 고개를 젖히고 호탕하게 웃음을 터뜨렸다.

"핫핫핫핫! 친구를 데려가려면 나를 죽여야만 할 것이다!"

비록 손가락 하나 움직일 수 없는 형편이지만, 대무영은 평락 같은 친구하고 함께 저승으로 가게 된 것이 최후의 행복이라는 생각이 들었다.

'평 형, 나 대무영은 이 은혜를 내세(來世)에 꼭 갚겠소.'

대무영은 코끝이 시큰해져서 평락의 어깨에 뺨을 댄 채 내심 피를 쏟듯이 중얼거렸다.

승무단 강포지단주 맹획은 말로는 안 될 것이라 판단하고 수하들에게 손을 들어보였다.

스승! 차창!

승무단 고수들이 일제히 검을 뽑았다. 이제 사태는 돌이킬 수 없게 되었다.

대무영과 평락은 이곳 이름 모를 초원에 뼈를 묻게 될 터이다.

"지단주!"

그때 맹획의 뒤쪽에서 누군가 큰 소리로 외치며 급히 앞쪽으로 달려 나오더니 맹획에게 서찰 하나를 내밀었다. 방금 도착한 전서구의 서찰이다.

서찰을 읽는 맹획의 표정이 여러 차례 복잡하게 변했다. 이윽고 그는 서찰을 접어서 품속에 갈무리하고는 수하들을 향해 짧게 명령했다.

"철수한다!"

그리고는 맹획 이하 승무단 고수들과 그 뒤쪽의 수백 명의 방, 문파 고수까지 일제히 썰물처럼 물러나 잠시 후에는 자취를 감춰 버렸다.

\* \* \*

오악귀래불간산(五岳歸來不看山) 황산귀래불간악(黃山歸來不看岳). 오악에 다녀오면 다른 산들이 보이지 않고, 황산에 다녀오면 오악이 보이지 않는다, 라는 유명한 말이 있다.

황산은 사방 수백 리에 달하는 거대한 산맥군이다. 수천 척 높이의 봉우리가 수백 개이고 또한 그보다 많은 계곡과 계류, 강을 품고 있다.


"헉헉… 이제 조금만 더 가면 되오."

평락은 거친 숨을 몰아쉬면서도 얼굴에는 미소가 가득했다. 대무영을 데리고 무사히 황산 깊숙한 곳에 위치한 소매곡까지 오게 되었다는 안도감 때문이다.

네 사람은 길도 없는 하늘을 찌를 듯이 높은 산봉우리 거의 꼭대기를 오르고 있는 중이다.

승무단 고수들로부터 벗어난 평락과 대무영이 어렵사리 강포현 포구에 도착하니 그곳에는 소매전사 둘이 작은 배를 대기시켜 놓고 기다리고 있었다.

그들은 대무영이 서주 거리에서 어깨를 부딪쳤던 소매구십이혼 무생(武笙)과 생사혈류 난마와의 싸움에서 왼팔을 잃은 소매칠십육혼 임우청(任宇靑)이다.

소매전사 일곱 명 중에 나머지 네 명은 도주하는 과정에서 죽은 것이 분명했다.

이들 네 명은 장강을 건너 배를 버리고 산길로 접어들어 줄곧 남하하여 황산에 접어들어서 현재 이곳까지 이르렀다.

"잠시 쉽시다."

어느 절벽 위 평평한 암반 위에서 평락은 걸음을 멈추고 적당한 자리를 찾아 묶었던 줄을 풀고 대무영을 편안하게 눕혀주었다.

"불편하지 않소?"

그는 꼼짝도 하지 못하는 대무영을 살피면서 물었다.

대무영은 누운 채 빙그레 미소 지었다.

"내가 다 나으면 평 형을 일 년 동안 업어주겠소."

"하하하! 기대하겠소!"

세 명의 소매전사 중에서 막내인 무생이 보따리를 풀어서 몇 가지 요리와 물, 술병을 바위에 가지런히 차렸다.

"내가 대 형에게 요리를 먹여주겠소."

무생이 대무영 옆으로 와서 앉으며 요리를 챙겼다.

대무영은 미소를 지었다.

"나는 잠시 운공조식을 할 테니 형씨들이나 드시오."

그는 한시라도 빨리 몸을 추슬러서 걸음이라도 제대로 걸어서 이들에게 짐이 되고 싶지 않았다.

지금 상황에서 다른 것은 크게 바라지 않는다. 그저 걸을 수만 있다면 다행이다.

연이어 두 차례의 운공조식으로 약간의 소득이 있는 것 같았다.

아까 초원에서의 운공조식 때 그는 심법오결 중에 이결(二訣)이 내상을 치료한다는 사실을 깨달았으며, 그때와 지금의 운공조식에서는 줄곧 이결만 운용하여 내상을 치료하는 데 주력했다.

아직 움직여보지 않아서 뭐라고 단정할 수는 없으나 최소한 걸을 수는 있을 것 같은 예감이다.

"후우……."

마치 혼절했다가 깨어난 것처럼 운공조식에 몰두해 있다가 무려 반 시진 만에 운공조식을 끝내고 긴 한숨을 토하며 눈을 떴다.

그런데 평락 등이 그가 운공조식을 끝내기를 기다리고 있을 줄 알았는데 그들의 모습이 보이지 않았다.

"음……."

그는 두 팔로 바닥을 지탱한 채 힘겹게 상체를 일으켰다. 가슴과 복부, 어깨, 팔이 모조리 부서지는 것 같았으나 포기하지 않고 끝내 일어나 앉을 수 있었다.

그는 조심스럽게 고개를 돌려 주위를 둘러보며 평락 등을 찾아보았다.

"……!"

그리고 한순간 그의 시선은 한곳에 딱 고정되면서 두 눈에서 와르르 불꽃이 뿜어졌다.

오 장쯤 떨어진 한 그루 노송 옆에 천무천인이 우뚝 서 있는 것을 발견한 것이다.

그를 발견한 순간 대무영은 걷잡을 수 없는 분노와 아울러서 불길한 예감이 뇌리를 때렸다.

천무천인이 나타났다면 평락 등이 무사하지 않을 것이라는 생각이었다.

급히 주위를 둘러보던 그의 안색이 해쓱하게 변했다. 과연 짐작이 틀리지 않았다.

멀지 않은 곳 바닥에 무생과 임우청이 쓰러져 있는 모습을 발견한 것이다.

그들은 쓰러진 채 미동도 하지 않고 있으며 그들의 몸에서 흐른 피가 바닥에 흥건했다. 천무천인이 두 사람을 죽인 것이 분명했다.

"으드득… 독고천성 이놈……."

대무영은 분노를 못 이겨 이를 갈고 온몸을 부들부들 떨면서 천천히 바위에서 내려섰다.

조금 전에는 상체를 일으키는 것만으로 그토록 고통스러웠으나 지금은 그보다 더 큰 동작을 하는데도 전혀 고통이 느껴지지 않았다.

분노가 고통보다 훨씬 더 크기 때문이다.

그는 중심을 잡지 못하고 흔들거리는 몸으로 천무천인과

마주서서 상처 입은 맹수처럼 으르렁거리듯 물었다.

"평 형은 어디에 있느냐?"

천무천인은 담담한 표정을 지으며 턱으로 대무영의 뒤쪽을 가리켰다.

"또 한 놈이라면 네 뒤쪽으로 날려가서 떨어졌다."

대무영이 뒤돌아보자 불과 서너 걸음 뒤쪽은 낭떠러지였다. 평락은 천무천인에게 당해서 낭떠러지 아래로 추락한 것 같았다.

천무천인은 입가에 담담한 미소를 지었다.

"이제 고분고분하게 날 따라가겠느냐?"

그는 지금의 이 쾌감을 즐기기 위해서 대무영이 깨어나도록 기다려 주었다.

천하제일인에게 반발을 하고 골머리를 썩인 최초의 인간에게 합당한 고통을 안겨주고 싶었고 그것은 성공하고 있는 듯이 보였다.

대무영은 분노하고 있는 중에도 천무천인의 속셈을 간파했다. 그는 지금 고양이가 쥐를 갖고 놀듯이 대무영을 조롱하고 있는 것이다.

대무영의 두 눈이 번들거렸다.

"명심해라, 독고천성."

슥—

그는 뒤로 한 걸음 물러났다.

"만약 내가 죽지 않고 살아난다면……."

다시 또 한 걸음 물러섰다.

"하늘이 두 쪽이 나는 한이 있어도 기필코 네놈을 찾아가서 죽이고 말겠다."

천무천인은 대무영의 악에 받힌 저주에 정신이 팔려서 그가 뒤로 물러서는 것에 별로 주의하지 않았다.

그렇지만 대무영이 세 걸음째 물러서자 흠칫 뭔가 불길함을 느꼈다.

"멈춰라, 이놈."

천무천인이 전설의 축지성촌(縮地成寸)이라는 신법을 발휘하여 순식간에 쏘아오는 것을 보면서 대무영은 두 발로 힘껏 바닥을 박차면서 뒤로 몸을 날렸다.

그러면서 마지막 기력을 쥐어짜내서 천무천인을 향해 짓뭉개기를 발출했다.

키유웅—

손을 뻗어 허공섭물의 수법으로 대무영을 잡으려던 천무천인은 푸르고 붉은 흐릿한 기운이 자신을 향해 쇄도하자 급히 손을 거두며 허리를 비틀었다. 그 수법에 한 번 당했었기 때문에 방심하지 않았다.

그러나 그는 대무영이 발출한 공격이 추호의 위력도 없

이 눈앞에서 스러지는 것을 보고 속았다는 사실을 깨달았다.

그와 같은 순간에 대무영의 모습이 시야에서 사라졌다. 낭떠러지 아래로 수직 낙하한 것이다.

『독보행』10권에 계속…

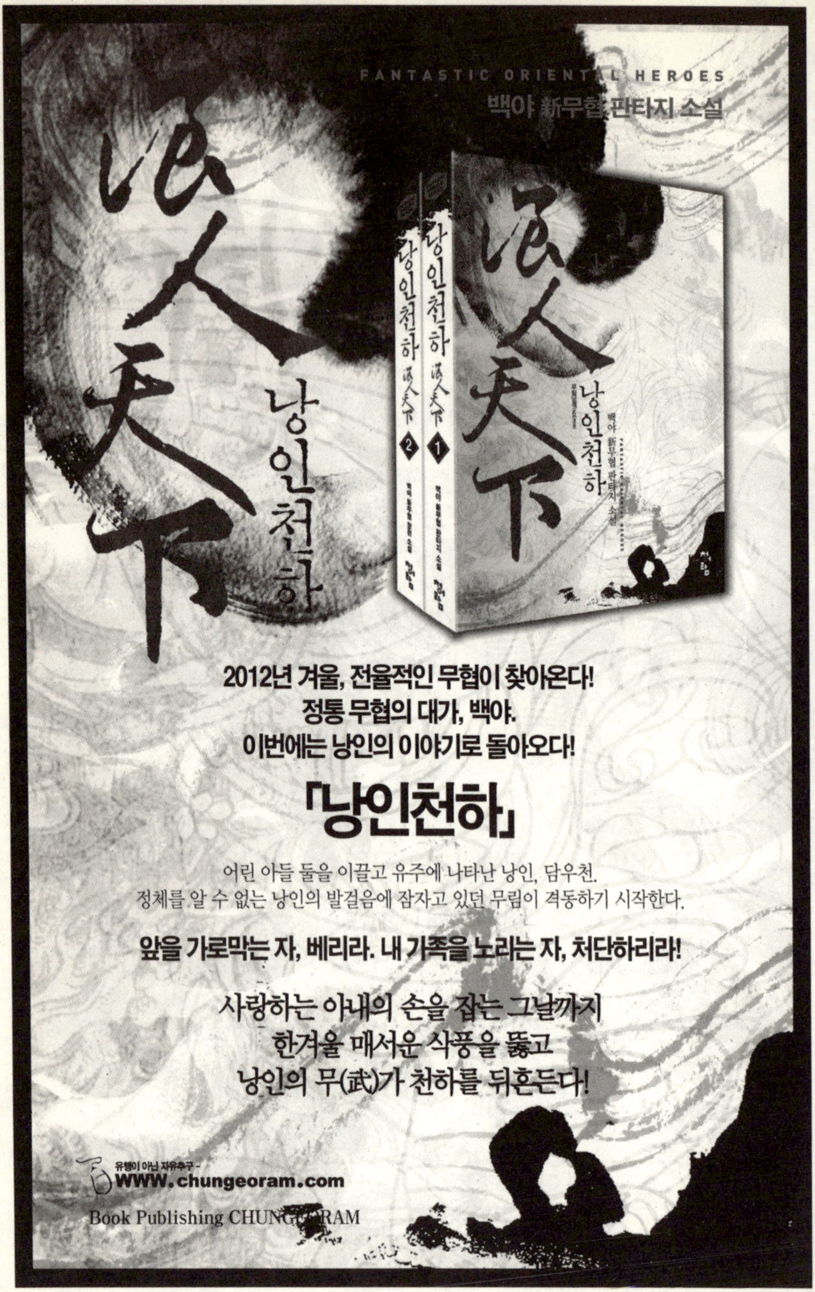

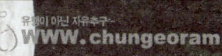

아버지라 생각한 자의 배신.
그렇게 이방의 사막에서 죽음을 맞이했다.

그러나, 죽음은 끝이 아니라 새로운 시작이었다!

카이스트 최연소 입학.
하늘이 내린 천재.
과학력을 한 단계 진보시킨 과학자!

복수를 위하여 이계에서 살아남고,
기어코 현대로 다시 돌아온 이은우!

## "이제 시작이다, 나의 성공가도는!"

세상이 몰랐던 총수의 귀환!
이은우, 그가 돌아왔다!

Book Publishing CHUNGEORAM

유행이 아닌 자유추구 -
WWW.chungeoram.com